Golem

5 - ALIAS

Les auteurs

À eux trois, ils totalisent 148 livres, 8 ordinateurs, 7 enfants et 6 mains. Toute leur enfance, ils ont joué aux mêmes jeux, lu les mêmes romans. En même temps, ils ont pris un cahier et un stylo. Lorris avait alors 14 ans, Marie-Aude 11 et Elvire 7.
Depuis, ils n'ont plus arrêté d'écrire. Lorris, dont les romans explorent le passé comme l'avenir, navigue entre aventure, policier, fantastique et science-fiction. Marie-Aude, qui aime faire rimer amour et humour, a publié la majeure partie de son œuvre à l'École des loisirs. Elvire, auteur d'*Escalier C* pour les adultes, se métamorphose en Moka quand elle écrit pour les jeunes.
Tous trois ont eu envie de retrouver les jeudis de leur enfance quand ils se demandaient : « À quoi on joue ? »
Pendant deux ans, ils ont écrit les cinq tomes de Golem.
À vous de jouer maintenant !

Elvire, Lorris et Marie-Aude MURAIL

Golem

5 - Alias

POCKET
jeunesse

Loi n° 49-956 du 16 juillet 1949 sur les publications
destinées à la jeunesse : août 2002.

ISBN 2-266-12481-1

Jean-Hugues de Molenne, le prof de français de la 5e 6, n'a rien d'un Maître du monde ni d'un savant fou. Pourtant, il connaît le mot de passe qui permet de matérialiser un personnage du jeu vidéo Golem, la dévastatrice Natacha. Ce mot de passe, c'est son pseudonyme de joueur, « Caliméro », mais tâchez de garder l'info pour vous : le dégom-laser de Natacha n'a rien de virtuel et la route de la golémette est déjà semée de vrais cadavres !

Mais qui commande réellement Natacha ? Albert, le créateur de Golem, sait que le jeu lui a échappé dans sa phase finale. Tout comme Giraud, spécialiste des systèmes de sécurité, affirme que son système ALIAS, mis au point pour protéger le siège de la multinationale MC à Gruyères, a fini par ne plus lui obéir.

Or, Natacha prétend qu'Alias est son maître et que sa mission est de détruire la MC.

La redoutable multinationale commence à s'inquiéter sérieusement. Il lui faut mettre la main sur l'ordinateur bleu électrique d'Albert, d'où tout est parti. Pour cela, Eddie, le tueur à gages de la MC, n'hésite pas à organiser un séduisant faux concours qui permet à quatre élèves de Jean-Hugues de gagner un voyage au parc d'attractions Mondioland, en Suisse. Une fois sur place, Majid et Samir sont interrogés sous hypnose. Bonne surprise pour M. William, le patron de la MC, et pour Orwell, son âme damnée : Albert, Jean-Hugues et l'ordinateur sont tous dans un camping-car, aux portes du parc d'attractions.

Des hommes de la MC, déguisés en cow-boys, prennent le camping-car d'assaut tandis que Jean-Hugues, parti à la recherche de ses élèves, est enlevé en plein Mondioland. Tout le monde se retrouve donc dans le bunker de la MC, livré au sadique M. William. Tout le monde ?

Eh non, pas tout à fait... Natacha, la golémette, et Nadia Martin, la petite amie d'Albert, sont encore en liberté. Les voilà qui se font prendre en auto-stop par Stéfano, un dragueur qui va bientôt regretter d'avoir conduit ces deux filles à Gruyères. Car, sous ses yeux épouvantés, Natacha fait voler en éclats la porte d'entrée de la MC.

Tandis que Jean-Hugues et Albert sont brutalement sommés par M. William de faire sortir les hologrammes de l'ordinateur, les deux filles s'enfoncent dans le bunker de la MC. Alias, le système de sécurité, leur ouvre les portes blindées et aide Natacha dans sa progression meurtrière jusqu'à M. William. La golémette exécute le supposé patron de la multinationale d'une balle en pleine tête. Commence alors le compte à rebours, car Alias a programmé la destruction du bunker.

Orwell, qui se révèle être le véritable maître de la MC, s'enfuit en hélicoptère avec le précieux ordinateur. Nous ignorons ce qu'est devenu Albert. Jean-Hugues, lui, est sorti du bunker, entraîné par Natacha.

Le plus urgent à présent, c'est de prendre des nouvelles des enfants. À l'hôpital des Quatre-Cents, Lulu, déconnectée de Joke, est mourante. Et Majid, Samir, Sébastien, Aïcha ? Séquestrés au siège de la MC, ils ont été retrouvés par Natacha. La golémette a confié les « petits d'homme » à la garde de Nadia Martin. Maintenant, la jeune prof doit retrouver son chemin à travers le dédale du bunker avant que celui-ci n'explose. Nadia et les enfants vont-ils être…

CHAPITRE PREMIER

SAUVÉS ?

Nadia avait quatre petits d'homme sur les bras et vingt minutes pour quitter le bunker. Vingt minutes avant que la partie ne s'achève. Aïcha, Majid, Samir et Sébastien n'auraient pas de seconde chance. Ils avaient douze ou treize ans. Ils n'avaient encore connu qu'un décor, les tours des Quatre-Cents. S'ils n'étaient pas sortis du bunker dans vingt minutes, ils demeureraient à tout jamais sur la première marche du premier niveau. Ciel gris. Béton froid.

Et Nadia ne savait plus.

Ce chemin qu'elle croyait gravé dans sa mémoire s'était effacé. Elle se souvenait des cris d'horreur, des blessures béantes et des yeux emplis d'effroi. Ces corps étendus, elle les voyait encore, là, devant elle.

— Madame ? demanda Aïcha. Est-ce qu'ils sont morts ?

Oui. Ils étaient morts. Mais Nadia ne savait plus dans quel ordre. Or, pour pouvoir sortir du labyrinthe, il aurait fallu qu'elle le sache. Aller du carnage numéro 5 au carnage numéro 4 et ainsi de suite jusqu'à la grande porte vitrée de l'entrée.

Couloirs, halls, sas, escaliers… Nadia ne reconnaissait plus les lieux. Elle avait suivi Natacha, affolée, terrifiée. Maintenant, elle devait faire le chemin en sens inverse, seule. Non, avec quatre enfants. Ils étaient tels qu'elle ne les avait jamais vus. Muets.

— Les enfants, ze crois…

Ne pas pleurer. Prendre une décision. Elle était sûre d'avoir déjà suivi ces longues lignes rouges sur le sol. Oui, mais dans quel sens ?

Ses yeux croisèrent ceux de Majid. Le gamin la suppliait de faire quelque chose, de savoir. « Il compte sur moi, pensa Nadia, il compte tellement sur moi. »

— C'est par là, dit-elle.

Quand elle vit les portes vitrées derrière lesquelles s'alignaient dans l'ombre des ordinateurs fantomatiques, elle sut qu'elle faisait fausse route. Pourtant, elle continua. Il n'y avait pas d'autre solution.

Vingt minutes, avait dit Natacha. Combien en restait-il ? Nadia ne voulait pas regarder sa montre. Ils venaient de déboucher dans un espace immense, zone glaciale où s'entassaient des centaines de colis. Un hangar d'expédition. Jamais Natacha et elle n'étaient passées par là.

— Mes enfants, ze ne suis pas sûre…

Elle jeta un regard désespéré en direction du long couloir qui les avait menés aux entrepôts. Elle devait prendre une décision. Vite.

— Ze me suis trompée. Il faut rebrousser chemin. On va courir, d'accord ?

Mais les enfants ne l'écoutaient plus. Elle avait perdu leur confiance.

— Le chariot ! lança Sébastien.

Il grimpa sur le siège d'un chariot élévateur et se mit à manipuler les commandes avec fébrilité.

— Laisse ! fit Samir.

Bousculant son copain, il prit sa place derrière le volant. Il trouva immédiatement comment mettre l'engin en marche.

— Montez tous !

Pendant deux cents mètres, ils longèrent des murs de cartons empilés. Le hangar souterrain semblait n'avoir pas de fin. Agrippée au dos d'Aïcha sur la petite plate-forme du chariot, Nadia scrutait la bouche noire qui approchait. « Ce n'est pas la sortie », songea-t-elle. Elle vit soudain un panneau accroché à une chaîne. Elle y reconnut la forme stylisée d'un chariot élévateur. Un gros trait rouge le barrait.

— Samir ! Pas par là ! C'est interdit !

— On s'en fout, fit Samir entre ses dents.

Le chariot et ses cinq passagers basculèrent sur une rampe. Peu à peu, l'engin prit de la vitesse, bruyamment, maladroitement, comme lancé sur une piste de bobsleigh.

Cramponné au volant, Samir passa sans encombre les deux premiers lacets. Puis le chariot commença à frotter contre la paroi. Soudain, il la heurta, une fois, deux fois ; puis une troisième secousse, plus violente, le fit rebondir vers la paroi opposée. Le chariot se mit en travers et éjecta brutalement ses passagers.

Nadia se releva la dernière, massant son coude endolori.

— Ça va, les enfants ?

Mais ils poursuivaient sans l'attendre comme si elle ne faisait plus partie du groupe, se laissant glisser jusqu'au bas de la rampe. Ils étaient tombés. Ils s'étaient relevés. Aucun n'avait poussé le moindre cri.

Quand elle les rejoignit, Nadia vit qu'ils avaient atteint un parking souterrain.

— C'est le bon, les mecs, annonça Sébastien.

Il avait reconnu le camping-car de ses parents. Quelle que soit la taille du parking, l'Amical 5 était toujours facilement repérable.

Les clés étaient restées sur le tableau de bord. Toutes les barrières étaient levées, toutes les portes ouvertes. Là comme ailleurs, Alias avait tout déverrouillé.

Le camping-car sortit de la montagne comme il y était entré, par l'accès nord. Il émergea dans la clarté de la lune, sur un tronçon de route long de trois cents mètres.

Nadia n'eut pas le temps de le franchir jusqu'à son terme. Le souffle de l'explosion fut tel qu'elle perdit un instant le contrôle de l'Amical. Comme si le camping-car ne roulait plus. Comme s'il volait. Elle ne vit rien, que quelques reflets dans le pare-brise, quelques images fugitives dans le rétroviseur. Une boule de feu. Une ombre immense. La partie supérieure du bunker s'était soulevée comme le couvercle d'une marmite, avant de retomber dans un terrifiant fracas. Étouffant tout. Écrasant tout.

Elle eut une brève pensée pour ceux qui sans doute se trouvaient encore à l'intérieur. Albert ? Natacha ?

Nadia appuya sur l'accélérateur, fonçant sur la route déserte. Quelques minutes plus tard, elle freina à mort. Il y avait deux voitures en travers de la route. La police ! Il était temps. Nadia était à bout de résistance.

— Nous sommes sauvés !

Trois policiers s'approchèrent, braquant vers l'Amical leurs torches électriques. Nadia vit le visage de l'un d'eux, tout contre la vitre. Puis elle ne vit plus rien : il l'aveuglait de son rayon lumineux.

— Les enfants sont avec moi, dit-elle par la vitre baissée. Sains et saufs.

La portière s'ouvrit. Nadia commença de descendre. Mais une main agrippa son bras et l'arracha brutalement à l'habitacle du camping-car. Elle poussa un hurlement. Le flic lui avait retourné le bras dans le dos et l'avait propulsée contre le flanc de l'Amical. Son front heurta la tôle. Elle sentit des mains sur elle, sur ses flancs, son ventre, ses cuisses. Ils étaient tous les trois autour d'elle à présent. L'un d'eux lui tira les cheveux pour l'obliger à tourner la tête. Les torches la balayaient de haut en bas. Elle entendit une voix.

— C'est elle. C'est Micheline.

Elle connaissait cette voix. Stéfano ! Le dragueur au cabriolet rouge.

— Les enfants ! Évacuez les enfants ! cria quelqu'un.

On conduisit Nadia au poste de police de Gruyères. On la fit entrer dans un bureau à la fenêtre fermée par des barreaux. Comme ça, sans explications. Nadia s'assit sur une chaise de paille, hébétée. Il lui semblait que sa journée avait débuté quarante heures plus tôt. Soudain, elle se sentit brutalement secouée :

— Qu'est-ce que c'est ? Cette arme... de quoi s'agit-il ?

Des lambeaux de rêve flottaient encore devant les yeux de Nadia. Elle était prise sous les décombres fumants d'un entrepôt ravagé par un incendie. Jamais elle ne s'était ainsi endormie sur une chaise.

— Ils disent que ça fait des trous qui ne se referment pas, ajouta l'homme penché sur elle.

De nouveau, il secoua Nadia. D'une voix pressante, il répéta sa question :

— Qu'est-ce que c'est ?

Nadia écoutait le sang qui battait à ses tempes. Dans le monde cotonneux où elle se débattait, rien ne semblait urgent. Soudain, l'homme lui posa une question étrange :

— À quelle organisation appartenez-vous ?

Nadia lui jeta un regard las. Une seule chose lui importait.

— Où sont les enfants ? demanda-t-elle.

— En sécurité.

Quelque chose n'allait pas. Nadia en était consciente. Dans la façon dont on la traitait, dans la façon dont cet homme lui parlait. Mais elle était trop épuisée pour se révolter.

— Pour le moment, dit l'homme, je n'ai pas l'intention de mener un interrogatoire en règle. Vous savez bien ce qui me préoccupe.

Nadia fit non de la tête.

— Est-ce qu'il y a encore du danger ? demanda-t-il. D'autres bombes ?

Nadia frissonna.

— S'il vous plaît, murmura-t-elle, ze veux rentrer chez moi.

Pris au dépourvu, l'homme alla se chercher une chaise et s'installa en face de Nadia, les mains à plat sur ses genoux.

— Je m'appelle Eberhardt, dit-il. Micheline, c'est pas ton vrai nom ?

Le tutoiement la fit tressaillir.

— Non. C'est Nadia Martin.

Soudain, l'homme explosa :

— Il y a quand même quelque chose qui me dépasse ! Pourquoi as-tu fait du stop avec ta complice ?

Nadia eut la sensation que la température de son corps chutait de dix degrés. Sa « complice » ?

— En plus, vous aviez un véhicule sur place. Ce camping-car, il est à toi ?

Nadia acquiesça, puis elle se reprit :

— Enfin, non. Il est au père d'un des enfants, le petit Sébastien.

L'information plongea Eberhardt dans la perplexité.

— Il fait partie du réseau ?

— Quel réseau ?

Elle crut qu'Eberhardt allait la frapper et elle se protégea le visage. Heureusement, la porte s'ouvrit et un autre homme fit diversion :

— Laisse tomber, dit-il. On a le premier rapport d'autopsie. C'est pas une affaire pour nous.

Il précisa, l'air dégoûté :

— Ils font appel à des types du MIB.

Il désigna Nadia d'un signe de tête :

— Faut l'isoler. Tu ne lui poses plus une seule question.

Nadia se demanda si c'était une bonne nouvelle.

Elle put s'allonger sur le matelas d'une cellule et dormir d'une traite jusqu'au lendemain. C'est du moins ce qu'elle pensa tout d'abord. Puis, voyant traîner sur le sol trois plateaux repas que personne n'avait débarrassés, elle songea qu'elle avait dû dormir plus longtemps que cela.

Tout était froid. Nadia avala quelques bouchées de riz et vida coup sur coup les trois gobelets emplis d'eau. Une heure plus tard, elle fit la connaissance des « types du MIB ».

Tommy, c'était le Noir. Payne, c'était le blond. Ils attendaient Nadia dans une pièce confortable, aux fenêtres sans barreaux. Ils avaient eux aussi reçu leurs plateaux. Sur la table, il y avait des restes de hamburgers et de grands pots en carton de Mondial Cola. Tommy et Payne venaient de loin, et cela se voyait : visages fripés et vêtements froissés.

— Nous travaillons pour le Mondial Investigation Bureau, dit Payne. On nous a alertés… (il regarda sa montre) il y a quatorze heures et nous voici.

Il avait l'air content de lui. Les deux hommes du MIB étaient assis sur le bord de la table, les fesses parmi les reliefs de hamburgers.

— Vous vous doutez bien que nous ne nous

déplaçons pas pour une banale affaire de terrorisme, dit Payne.

— Si nous sommes là, c'est uniquement à cause de ce que nous allons vous montrer, dit Tommy en fermant les rideaux.

Sur la table, au milieu des emballages, se trouvait un projecteur de diapositives d'aspect plutôt vieillot. Quand Payne projeta la première image sur le petit écran mural, Nadia détourna le regard. C'étaient des corps sans vie, les corps des cow-boys abattus sur le parking de Mondioland. Les photos suivantes étaient des gros plans.

Tommy s'était placé à côté de l'écran. Avec une baguette, il indiqua :

— Le projectile est entré ici, transperçant l'os malaire, et a sectionné les muscles ptérygoïdiens avant de ressortir à l'arrière du crâne, au niveau de la suture pariéto-occipitale, après avoir causé les dommages que vous imaginez à la masse cérébrale.

Nadia réprima un hoquet.

— Il y a une sorte de boutonnière à l'entrée des plaies, quelque chose de très propre.

— Chirurgical, ajouta Payne.

Il y eut un déclic et une autre diapo apparut sur l'écran. Une autre plaie. Une autre trajectoire.

— Pas une goutte de sang à l'intérieur des blessures ! s'exclama Tommy. Le projectile fait un tunnel dans les chairs comme si c'était une mèche de perceuse. Mais une tête humaine n'est pas une planche de bois. Ce que nous observons là est a priori impossible, miss Martin.

Payne et Tommy se tournèrent tous deux vers Nadia.

— L'arme dont il a été fait usage est d'un genre qui nous est inconnu, dit Tommy.

— Bien que cela puisse évoquer l'affaire d'Annapolis, dans le Maryland, compléta Payne.

— Mai 1987. Une affaire jamais totalement élucidée.

— Miss Martin, dit Payne, quelle est cette arme ? Quelle est sa provenance ?

Nadia inspira un grand coup. Et lâcha la seule information qu'elle estimait pouvoir offrir :

— Un dégom-laser.

Tommy hocha la tête.

— Nous pensions à quelque chose comme ça.

— Avez-vous agi sous la contrainte ? demanda Payne.

Nadia acquiesça en ouvrant des yeux effarés. Il lui fallait jouer serré pour ne pas se retrouver en position d'accusée.

— Cette… créature est terrifiante, dit-elle.

— Que savez-vous d'elle ? demanda Tommy.

— Elle prétend s'appeler Natacha. Mais ze crois qu'elle n'est pas... pas entièrement humaine.

Tommy et Payne échangèrent un regard. Visiblement, ils étaient déjà parvenus à cette conclusion.

— Pour le bunker, reprit Tommy, vous êtes notre seul témoin. Il y a eu vingt-huit victimes.

Nadia retint la question qui lui brûlait les lèvres. Elle aurait tant voulu savoir si parmi ces victimes se trouvait un grand brun musclé, un garçon au prénom démodé... Non, en fait, elle ne voulait pas savoir.

— Z'ai presque tout oublié, marmonna-t-elle d'un ton aussi convaincu que possible. Z'étais entièrement sous le contrôle de cette créature. Z'azissais comme un robot. Ze me souviens de cris, d'éclairs, de fumée... puis... puis... z'ai retrouvé les enfants... Ce sont mes élèves.

Nadia se mit à sangloter, sans trop se forcer. À ce moment, quelqu'un frappa à la porte du bureau. Payne alla ouvrir. C'était Eberhardt :

— Nous avons la preuve, dit-il en tendant une feuille de papier. C'est une terroriste basée aux Quatre-Cents.

— Oui, oui, fit distraitement Payne.

Il repoussa Eberhardt tout en acceptant la feuille de papier. Il y jeta un coup d'œil puis revint vers Nadia.

— La police française a perquisitionné chez vous, miss Martin. Ils ont trouvé des produits chimiques dangereux dans votre cuisine.

C'étaient les substances dont Nadia s'était servie pour fabriquer une bombe lacrymogène. Elle tenta une piteuse explication :

— Ze suis professeur de sciences, vous comprenez… Ce sont des produits dont ze me sers pour mes expériences…

— Ne vous justifiez pas, miss Martin, coupa Tommy. Chez nous aussi, aux États-Unis, la plupart des professeurs préfèrent se rendre armés dans les collèges.

— Vous avez été rudement éprouvée par tous ces événements, dit Payne en posant une main amicale sur son épaule. Reposez-vous. Quant à nous, nous ferons tout pour retrouver cette créature avant que…

Sa gorge se noua. D'une voix rauque, il poursuivit :

— … avant qu'elle ne mette notre civilisation en péril.

— Payne est très émotif, dit Tommy. Il exagère parfois un peu.

Il regarda sa montre.

— Nous allons devoir interrompre cet entretien. Nous avons demandé à assister à l'autopsie d'une des victimes. Nous attendons beaucoup de cet examen.

— Est-ce qu'ils vont me garder en prison ? demanda Nadia.

— Ce n'est pas à nous d'en décider, répondit Payne. Mais nous allons vous envoyer une bénévole de la Croix-Rouge qui sera pour vous d'un grand réconfort moral.

— Mlle Truchaux, précisa Tommy.

— Oui, Mlle Truchaux, répéta Payne comme s'il trouvait déjà dans ce nom un grand réconfort moral.

CHAPITRE II

LES RÉELS ET LES VIRTUELS

La lune se reflétait dans les eaux du lac de la Gruyère. Comment Jean-Hugues était-il arrivé là ? Après l'explosion du bunker de la MC, il s'était éloigné avec Natacha, marchant, trébuchant, courant, tombant, hagard, sans savoir s'il était coupable ou innocent. Celle qui l'avait sauvé avait tué. C'était sa seule certitude et ce fut une de ses dernières pensées sur cette route qui descendait vers le lac. Sans doute avait-il perdu connaissance. Et elle l'avait porté.

À présent, il était seul, adossé à un arbre. En face de lui, la crête des montagnes se dessinait en noir sur le fond bleu nuit. La vallée résonnait de sirènes lointaines. Les secours avaient dû arriver. Nadia avait-elle mis les enfants à l'abri ? Albert était-il sorti vivant de la MC ? Jean-Hugues s'appliquait à ne penser qu'aux réels, aux êtres faits comme lui de chair et de sang. Mais son seul tourment s'appelait :

— Natacha !

Enfin, il s'était décidé à crier son nom. Était-elle là dans la nuit ? Ou bien l'avait-elle abandonné ? Péniblement, en s'appuyant à l'arbre, Jean-Hugues se redressa. De loin en loin dans la vallée, une petite lumière palpitait. Des gens que l'explosion avait éveillés. Jean-Hugues se tourna vers le bois et appela :

— Natach... ah !

Elle était assise dans l'herbe contre un rocher, si raide, si immobile qu'on eût dit un automate attendant d'être remonté. Ses yeux grands ouverts brillaient comme deux agates au clair de lune.

— Elle est déconnectée, se dit Jean-Hugues à voix haute.

Il n'osait pas lui parler. Ce n'était pas un être vivant qui était là ni une machine. C'était quelque chose entre un monstre et rien. Le dégom-laser était dans l'herbe. Jean-Hugues se baissa pour le prendre. Une main lui crocheta le poignet. Il hurla de terreur. Natacha s'était reconnectée.

— *Pwijj*, *pwijj*, dit-elle faiblement.

Elle savait que son arme n'était plus opérationnelle.

— Alias veut que je transfère mes données, ajouta-t-elle.

Jean-Hugues était trop fatigué pour s'interroger sur le sens de cette phrase. Mais il vit Natacha se redresser. Elle happa son arme au passage et se dirigea vers le lac. En un éclair, Jean-Hugues comprit ce qu'elle allait faire. Elle allait toucher l'eau pour disjoncter et repartir dans l'ordinateur. L'ordinateur qui était aux mains d'Orwell !

— Natacha, c'est l'eau ! Tu vas perdre une vie. Il ne t'en reste plus que deux.

— Je dois transférer mes données. Alias les attend.

Toutes les informations que Natacha avait stockées sur le réel, elle devait maintenant aller les décharger dans l'ordinateur bleu électrique comme si elle n'était qu'une vulgaire disquette.

— Reste avec moi, la supplia Jean-Hugues.

— Caliméro est mon allié, dit-elle sur un ton presque pensif.

Comment expliquer à Natacha qu'Orwell allait se faire passer pour Caliméro ? Jean-Hugues se planta en face d'elle, lui coupant la route vers l'eau.

— Je ne possède plus l'ordinateur. C'est Orwell qui l'a. Il est le maître de la MC et il va devenir ton allié.

— Jean-Hugues, dit-elle.
— Oui ?
— Jean-Hugues.
— Quoi ?
— Jean-Hugues.

Puis rien. Elle était en train d'intégrer les nouvelles données.

— C'est bien d'être une fille réfléchie, grommela Jean-Hugues. Mais ça ne facilite pas le dialogue.

La pause prit fin trente secondes plus tard. Natacha fit un pas de côté. Elle voulait repartir vers le lac.

— Je vais transférer mes données.

— Tu n'as rien compris, alors ! hurla Jean-Hugues. Orwell va se faire passer pour moi, tu es conne ou quoi ?

Le jeune homme résista à la tentation de secouer Natacha.

— Jean-Hugues n'a plus l'ordinateur, dit-elle. Je dois prévenir Alias.

Elle regarda Jean-Hugues comme si elle attendait confirmation.

— Alias n'a qu'à se débrouiller tout seul. Reste avec moi.

Dès qu'un peu d'humanité reparaissait en Natacha, il se reprenait à l'aimer.

— Je ne peux pas rester.

— Mais si. Tu es libre ? hasarda-t-il.

Natacha souleva sa frange blonde et le mot EMET apparut en lettres noires sur sa peau ambrée.

— Alias me donnera ma liberté si tu termines le jeu.

— Tu sais ce que c'est, « Alias » ? s'emporta Jean-Hugues. Artificial Logical Intelligence for Absolute Security. C'est le système de sécurité mis au point par la MC.

— Erreur fatale. Alias est le Maître des golems.

Parlaient-ils du même Alias ? Contre toute attente, au lieu de s'opposer encore à Jean-Hugues, Natacha le prit par les épaules et plaqua ses lèvres aux siennes. Son contact n'entraînait plus qu'un petit fourmillement. Mais l'effet produit sur Jean-Hugues dépassa largement cet inconvénient. Ses jambes se dérobèrent sous lui et Natacha dut le soutenir.

— Il faut que je dorme un peu, constata Jean-Hugues.

Il jeta un coup d'œil sur Natacha et corrigea :

— Je vais faire pause. Mais tu n'en profites pas pour toucher l'eau, hein ?

— Il y a une autre option ?

— Reste. J'ai besoin de toi.

— Clique sur AIDE.

Jean-Hugues leva les yeux au ciel mais aucun menu ne se déroula sur la nuit.

— On est dans le réel, Natacha, et j'ai réellement besoin de toi.

Elle posa deux doigts sur les lèvres du jeune homme. Il sourit.

— Tu veux que je t'embrasse ?

Il hésita, ouvrit grands les bras puis les referma sur Natacha.

— Tu vois, chez les réels, c'est comme ça qu'on se met en réseau.

Un courant le traversa de bas en haut et faillit lui faire lâcher prise. Mais Natacha le serra à son tour. Il eut alors le sentiment que, comme deux machines connectées entre elles, ils étaient en train de partager leurs ressources. Le réel et le virtuel, le joueur et la guerrière, l'amour et la puissance. Lentement, ils se détachèrent l'un de l'autre.

— Je ne suis plus fatigué, remarqua Jean-Hugues. Tu m'as réinitialisé.

Loin de là, dans un modeste appartement de banlieue, quelqu'un pensait à Jean-Hugues. Mme de Molenne était inquiète. Son fils était parti depuis deux jours et ne lui avait donné aucune nouvelle. Depuis son réveil, à sept heures, jusqu'à ce moment du coucher qu'elle ne cessait de repousser, Mme de Molenne avait attendu un coup de téléphone. La seule chose qui la soutenait dans sa solitude anxieuse, c'était une espèce de lézard aux yeux bleus qui ronronnait dès qu'elle le regardait. Bubulle semblait définitivement domestiqué et Mme de Molenne prenait l'habitude de lui parler.

— Tu vois, lui dit-elle, Jean-Hugues n'était pas dans un état normal quand il est parti.

— Ron, ron, fit le petit dragon.

Il admirait immensément la boss au balai. Ce qui ne l'empêchait pas de regretter le temps où, du haut de ses trois mètres, il l'aurait terrorisée. Mme de Molenne gratta la moquette comme on fait pour intriguer un chaton.

— Mini, mini…

Bubulle était craintif mais ce petit jeu lui plaisait. Il s'approcha et posa une patte sur la main de la boss. Puis la retira. Puis la remit. À chaque fois, Mme de Molenne se prenait une petite décharge. Elle avait compris qu'elle n'avait pas à redouter une quelconque allergie. Il s'agissait bel et bien d'électricité. La créature était saturée de courant. Ce n'était donc pas un animal, même exotique, comme Jean-Hugues l'avait prétendu. Était-ce un jouet, un robot ? Bubulle semblait avoir presque autant d'autonomie qu'un être vivant. Mais jusqu'à preuve du contraire, aucun être vivant ne supporte d'être traversé par du 220 volts pendant une heure. Ce qui faisait pourtant le plus grand bien à Bubulle.

— Mini, mini…

Le jeu excitait tant le petit dragon qu'il en perdit brusquement la tête. La perversité était malheureusement programmée chez lui. Ses yeux bleus devinrent rouges et il souffla une méchante flamme de toutes ses forces. Mme de Molenne cria de douleur et de surprise. Une tache brune s'était formée sur sa main, presque semblable à une brûlure. Bubulle, conscient de son forfait, trottina sous le fauteuil et se tapit contre la plinthe.

Mme de Molenne fut peinée de cette agression. « On ne peut vraiment compter sur personne », se dit-elle, ce que la psychologie aurait pu lui apprendre depuis longtemps. Elle décida de se mettre au lit avec un livre. En réglant son radio-réveil pour le lendemain matin, elle fit une fausse manœuvre et alluma la radio.

— France Info. Il est 22 heures. Nous retrouvons tout de suite à Lausanne notre correspondant Quentin Davoine. Des précisions sur l'attentat de cet après-midi ?

Mme de Molenne, qui allait éteindre la radio, suspendit son geste.

— Eh bien oui… On fait état de cinq morts. Les victimes seraient des employés de Mondioland qui faisaient une démonstration de lasso sur le parking du célèbre parc d'attractions.

Mondioland ! Mme de Molenne se figea. C'était là que Jean-Hugues était parti.

— Deux personnes sont activement recherchées, deux jeunes femmes dont le signalement a été diffusé dans toute la région. C'est l'une d'entre elles qui a fait feu cet après-midi. Au dire des témoins, ce serait, je cite : « Une sorte de Lara Croft en blonde. » Nous attendons plus de détails. Pour l'instant, on parle d'une vengeance d'employées qui auraient été licenciées…

Pourquoi Mme de Molenne, le souffle suspendu, faisait-elle le rapprochement entre ce macabre fait divers et le silence de Jean-Hugues ? La voix du journaliste dans les studios la fit revenir à elle :

— Merci, Quentin. En France, les salariés de Toulinex…

Mme de Molenne éteignit. Cette fois, sa décision était prise. Elle avait trop longtemps refusé de savoir. Maintenant, et quoi que Jean-Hugues ait pu faire, elle devait comprendre.

Il lui avait menti. Au sujet de cet animal qui n'en était pas un. Et sûrement au sujet de cette fille qu'il lui avait présentée un jour sous le nom de Natacha Durand. Qui était-elle ? Mme de Molenne frissonna au souvenir de l'étrange créature. N'était-ce pas « une sorte de Lara Croft » ? Et ce Joke dont la petite Lulu lui avait parlé, ce Joke qui se cachait dans les carrières, qui était-ce ?

Il faisait nuit et venteux. La pluie tombait par paquets contre les vitres. Mais rien ne pouvait plus arrêter Mme de Molenne. Elle prit les clefs de sa voiture, enfila bottes et imperméable et partit.

L'eau dégorgeait de partout. Luttant contre les bourrasques, Mme de Molenne avança vers l'entrée des cavernes. Que venait-elle y chercher, sinon un peu de vérité ?

— Joke ! Joke ! appela-t-elle.

Une sorte de vagissement lui répondit, quelque chose entre les pleurs d'un bébé et le mugissement d'un veau privé de sa mère. Mme de Molenne alluma sa lampe électrique et s'enfonça dans la carrière. Par moments, l'eau lui arrivait au niveau des chevilles. Joke s'était replié dans la galerie. Affaissé contre la paroi, il était retourné à l'état d'hologramme, rabougri et transparent. Ce fut par hasard que le rayon lumineux le traversa. Il tressaillit et poussa un nouveau vagissement. Mme de Molenne faillit en lâcher sa torche.

— Mon Dieu, mais qu'est-ce que c'est ? murmura-t-elle.

La forme blanchâtre, vaguement humaine, émit un son plaintif.

— Ammiii, ammmiii…

Mme de Molenne resta immobile quelques longues secondes, éclairant toujours la créature. Les contours en étaient indistincts comme s'ils se diluaient dans l'air. Mais l'être avait bien une sorte de visage avec des yeux couturés et une balafre hideuse en guise de bouche. Il semblait si mal en point que, peu à peu, Mme de Molenne se rassura.

— Joke ? l'appela-t-elle.

— Ami, répondit-il.

C'était ce mot qu'il répétait, et une curieuse tristesse envahit Mme de Molenne. Mais elle se sentait totalement impuissante. Que faire pour cette pauvre créature ? Majid et Lulu en connaissaient l'existence et Jean-Hugues aussi.

— Mais oui ! s'exclama soudain Mme de Molenne.

Oui, elle avait déjà vu un être semblable sur l'ordinateur de son fils. Jean-Hugues lui en avait parlé comme d'un bug ou d'un virus qui se promenait sur l'écran intempestivement. Il avait bien appelé « Joke » ce bug indésirable. Toutes les connexions se faisaient enfin. Cette Natacha avec son arme dans le dos qui n'était sûrement pas un jouet, ce Bubulle qui se rechargeait dans les prises et enfin ce Joke, d'où venaient-ils ? De quel ailleurs, de quel au-delà ? Quelles étaient leurs intentions ?

Mme de Molenne s'approcha. Son désir de savoir lui faisait oublier toute prudence. Du bout de sa torche, elle effleura Joke. À l'instant même, la lampe se volatilisa et Mme de Molenne se trouva projetée en arrière par une décharge électrique. Dans le noir, alors qu'elle se relevait, elle aperçut Joke qui crépitait et se regonflait, diffusant tout autour de lui une lumière bleutée.

— Moi faim encore, dit-il.

Épouvantée, Mme de Molenne eut la plus grande difficulté à quitter la galerie en s'appuyant à la paroi. À plusieurs reprises, elle tomba dans les flaques de la grande caverne. Enfin, elle put s'effondrer au volant de sa voiture. Elle venait de comprendre le sens de ce mot si familier sous sa plume : traumatisée. Quand elle réussit à démarrer, la radio se mit simultanément en marche :

— Oui, ici Quentin Davoine. Eh bien, c'est un spectacle d'apocalypse que j'ai sous les yeux.

Le siège de la MC qu'on comparait parfois à un bunker s'est littéralement plié en deux. Je vais d'ailleurs devoir quitter les lieux car on redoute d'autres explosions.

— La thèse de l'attentat antimondialiste est-elle confirmée ?

— Écoutez, pour le moment, on se contente de faire le lien avec ce qui s'est passé cet après-midi à Mondioland. Il est toujours question de deux jeunes femmes qui auraient eu des complices à l'intérieur du bâtiment.

Les yeux au loin, Mme de Molenne éteignit la radio et poursuivit sa route.

Quand elle fut de retour dans sa chambre, la vue de Bubulle aplati sous le fauteuil la fit éclater en larmes. C'était trop. Pourtant, elle parvint à se dominer en faisant quelques lentes respirations abdominales. Mais quand le téléphone sonna, elle poussa un hurlement. Bubulle, en train de s'extirper de sa cachette, fila de nouveau se scotcher à la plinthe.

— Maman ? fit une voix désinvolte au téléphone. J'appelle tard, non ?

Mme de Molenne tremblait de la tête aux pieds.

— Je suis contente de t'entendre, mon chéri, bredouilla-t-elle. Ça va ?

— Super. Je suis dans une cabine téléphonique, toujours en Suisse. Je pense que je... que je vais revenir cette nuit. Mais ce n'est pas la peine de m'attendre. J'arriverai au petit matin.

— Sois bien prudent, chuchota Mme de Molenne.

— Pas de problème et... au fait, ça ne t'ennuie pas si je reviens avec une amie ?

Jean-Hugues gardait un ton léger de jeune homme qui s'émancipe.

— Une amie ? répéta Mme de Molenne, redoutant le pire.

— Oui... Oh, mais d'ailleurs, tu la connais. Natacha Durand !

CHAPITRE III

UNE BELLE FILLE PEUT-ELLE FAIRE UNE BELLE-FILLE ?

Jean-Hugues n'avait guère l'habitude de conduire. De nuit et au volant d'une voiture volée, il n'était pas précisément à l'aise. Il avait eu la chance de passer devant un petit poste de douane désert avant que les barrages de police se mettent en place. Désormais, il roulait vers les Quatre-Cents, emportant Natacha dans le coffre. Il savait qu'elle ne souffrirait pas du voyage. Elle s'était mise en veilleuse.

Quand il fut à quelques kilomètres de son appartement, il prépara le discours qu'il allait servir à sa mère. Il présenterait Natacha Durand comme sa petite amie. Il ferait part de leur projet commun de louer un studio. Tandis qu'il cherchait ses mots, il s'aperçut qu'il n'avait jamais eu jusqu'à ce jour l'intention de quitter sa mère.

Il se gara dans une ruelle sombre et ouvrit le coffre de la voiture. Natacha s'en extirpa, aussi impeccablement coiffée et maquillée qu'une actrice hollywoodienne jouant Jane de la jungle.

Quand il fut devant son immeuble, Jean-Hugues vit que la lumière était allumée.

Mme de Molenne avait fini par s'endormir tout habillée. Bubulle, confortablement installé dans un repli de la couette, digérait ses kilowatts. Le bruit de la clef dans la serrure fit se redresser brusquement Mme de Molenne. Bubulle bondit en l'air en poussant un « couine couine » d'excitation. Il sentait la présence d'un autre virtuel.

— Maman ! appela Jean-Hugues d'une voix incertaine.

Mme de Molenne sortit de sa chambre, une main sur son front migraineux.

— Je suis désolé d'arriver si tôt…

Jean-Hugues voulut embrasser sa mère mais elle le repoussa en dévisageant Natacha.

— Maman est une alliée ? questionna Natacha.

Bubulle était arrivé sur les talons de la boss et il faisait de ridicules petits bonds en couinant. Jean-Hugues eut l'impression que la situation était un peu confuse. Il se tourna vers Natacha pour la rassurer :

— Maman est très gentille.

Puis il revint vers sa mère :

— Ça ne t'ennuie pas si Natacha t'appelle « maman » ? Elle est très spontanée.

— Maman est une alliée ? répéta Natacha de sa voix robotisée.

Pendant ce court échange, Bubulle faisait un barouf de tous les diables, dans l'espoir que Natacha le prendrait dans ses bras.

— Ne te fatigue pas, Jean-Hugues, dit Mme de Molenne. Je connais la vérité.

— Quelle vérité ? s'étonna le jeune homme.

— Pour Joke et Bubulle et Natacha. Ils fonctionnent à l'électricité.

— Oui, un peu, admit Jean-Hugues. De toute façon, il vaut mieux que je cherche un studio pour Natacha et pour moi. On finirait par te gêner.

Mme de Molenne jeta un regard épouvanté sur son fils et la créature à ses côtés.

— Tu entends ce que tu dis ?

Elle avait crié. Natacha braqua sur elle son dégom-laser en faisant *pwijj pwijj* comme un enfant qui joue à la guerre. *Couine*, *couine*, s'obstinait Bubulle.

— Mais il va la fermer ! s'énerva Jean-Hugues en tapant du pied sous son museau pour le faire déguerpir.

Natacha attrapa le petit dragon et l'écrasa entre ses seins d'un air de défi. Mme de Molenne fit quelques respirations abdominales et parvint à se calmer.

— Dis-moi seulement une chose, Jean-Hugues.

Elle baissa la voix jusqu'à être à peine audible :

— Elle a tué ?

— Mais c'est pas sa faute ! C'est un robot. Elle ne fait qu'obéir à Alias.

— Et c'est qui, celui-là ?

Jean-Hugues grimaça. Il aurait été content de le savoir.

— C'est quelque chose dans mon ordinateur.

Il jeta un regard intrigué sur le petit dragon qui faisait entendre un faible ronron de réfrigérateur. Natacha, immobile, était en train d'enregistrer les dernières données concernant l'alliée maman.

— La voiture ! s'exclama soudain Jean-Hugues.

Il devait la cacher. Avec sa plaque d'immatriculation suisse, la voiture volée allait attirer l'attention.

— Tu n'as qu'à la garer dans la carrière, lui suggéra Mme de Molenne. Il y a déjà Joke mais...

Mais son fils semblait habitué à ce genre de créature. Il acquiesça aussitôt et fit un pas vers la sortie.

— Tu ne l'emmènes pas ? s'écria sa mère en lui montrant Natacha.

— Elle va rester tranquille. Si elle se reconnecte, dis-lui seulement que maman est une alliée et si elle me réclame, tu lui réponds que Jean-Hugues est allé au niveau suivant mais qu'il va revenir terminer la partie.

Mme de Molenne, affolée comme devant une notice de jeu vidéo, répéta fébrilement :

— Maman va se reconnecter au niveau suivant et Jean-Hugues… Jean-Hugues quoi déjà ?

Le jeune homme hocha la tête :

— Fais un effort, maman.

Quand son fils fut parti, Mme de Molenne se mit à marcher sur la pointe des pieds pour ne pas sortir Natacha de sa somnolence.

— Maman est mon alliée, fit brusquement la golémette.

Mme de Molenne poussa un cri en portant la main à son cœur. Puis elle se mit à déverser un flot de paroles angoissées.

— Oui, oui, on est alliées. Je suis la maman de Jean-Hugues, alors, vous pensez comme on va bien s'entendre ! Vous avez fait bon voyage ? Je suis allée en Suisse avec mon mari, mais je vous parle de ça, il y a bien quinze ans. Ça a dû beaucoup changer. Vous ne voulez pas vous asseoir ?

J'allais faire du café. Si vous en voulez ? Ah non, je suis bête ! Il y a une prise de courant juste derrière vous.

Natacha laissa passer un silence. Fallait-il enregistrer toutes les données fournies par l'alliée maman ?

— Jean-Hugues ? dit-elle simplement.

— Il est allé… chercher des croissants. Heu, non, au niveau suivant. Garer la voiture. Vraiment, vous ne voulez pas un peu de courant ?

En fait, le courant passait mal.

— Où est Jean-Hugues ? répéta Natacha en pointant le dégom-laser sur Mme de Molenne.

— Faites attention avec votre machine. Vous allez blesser quelqu'un. Il y a d'autres façons d'exprimer son agressivité, vous savez. Vous devriez davantage verbaliser.

— *Pwijj*, *pwijj*, fit Natacha.

— C'est déjà un début, l'encouragea Mme de Molenne.

Au fond, Natacha ressemblait à certains enfants perturbés que Mme de Molenne soignait. Précipitamment, elle sortit des feuilles blanches et des feutres.

— Tenez, dit-elle. Vous n'avez qu'à faire un beau dessin pour Jean-Hugues quand il reviendra.

Natacha s'assit devant la table, Bubulle dans

son giron. Lentement, elle posa le dégom-laser et prit le crayon :

— *Pwijj, pwijj*, fit-elle en le pointant vers Mme de Molenne.

— Non, pas comme ça.

Avec des gestes prudents, Mme de Molenne prit le crayon des mains de Natacha et dessina un bonhomme.

— Voilà. Dessinez-moi Alias.

— Alias est mon maître, répondit Natacha en s'emparant du crayon.

— C'est toujours dangereux d'abdiquer son libre arbitre…

Elle se tut, fascinée. Natacha était en train de couvrir la feuille de lettres et de chiffres sans même regarder ce qu'elle faisait :

AG/ 4215 : WJ
LT.DOC. 576
IHGHTO/BN.DOC
A/6758439
ST.DIC/EM12
@JDR / 25895632 FS

« Elle est un peu limitée, songea Mme de Molenne. Mais au moins, elle sait s'occuper. » Elle-même en profita pour aller se faire du café. Quand elle revint, toute la feuille était couverte de lettres et de chiffres sans lien apparent et Natacha, le regard fixe, répétait : « Jean-Hugues, Jean-Hugues, Jean-Hugues. »

— Il arrive, il arrive, chantonna Mme de Molenne. Il va être rudement content quand il verra le beau… hum, dessin que vous lui avez fait !

— Où est Jean-Hugues ?

— Mon Dieu, qu'elle est fatigante, soupira Mme de Molenne.

Jean-Hugues était dans la carrière abandonnée. Il y avait garé la voiture et, à présent, il s'enfonçait dans la galerie à la recherche de Joke. Il ne l'avait pas revu depuis leur rencontre dans la cave et il n'en avait pas gardé un bon souvenir.

Joke était collé à la paroi, comme une sorte de substance visqueuse et transparente. Mme de Molenne l'avait nourri récemment mais ses besoins en électricité étaient effrayants. Sa curiosité satisfaite, Jean-Hugues se dépêcha de tourner les talons.

Une fois à l'air libre, il se rappela ce que prétendait Samir : Joke et Lulu étaient connectés. Si l'un s'affaiblissait, l'autre à son tour perdait sa force. Jean-Hugues songea que la petite Lulu s'était sans doute affaiblie, ces jours-ci. Où était-elle, déjà ? Ah oui, à l'hôpital. Le jeune homme aurait dû retourner dans la carrière et nourrir Joke avec la batterie de la voiture volée. Mais l'égoïsme des amoureux lui fit prendre le pas de charge. Puis il courut en martelant le sol. NA-TA-CHA-NA-TA-CHA…

— Natacha ! cria-t-il en poussant la porte.

— Tout va bien, elle a été très sage, lui assura Mme de Molenne.

La golémette s'avança vers Jean-Hugues et lui tendit une feuille.

— Natacha a fait un beau dessin pour Jean-Hugues, dit-elle.

Jean-Hugues y jeta un coup d'œil étonné :

GBH.DOC// 25487269

OWW / 4785 : GKOIR

— Dis-lui que c'est beau, chuchota Mme de Molenne.

— Hein ? oui, très… C'est très beau, Natacha.

LST.DOC/12588795

EMM806/ STZ

MRSTT : 12587958

Jean-Hugues fronça les sourcils. Quelque chose dans tout ce fatras lui faisait signe, mais il ne savait pas quoi.

— Elle n'a rien voulu manger, dit Mme de Molenne.

— Manger ? s'affola Jean-Hugues. Mais il ne faut rien lui donner à manger !

Mme de Molenne articula silencieusement : « Électricité. »

Jean-Hugues se mit à rire :

— Non, non, elle n'en a pas besoin. Joke ou Bubulle, ce sont des bugs. Ils doivent sans arrêt se recharger. Mais elle…

Il lui sourit.

— Elle est opérationnelle.

Et on voyait que cela signifiait : elle est merveilleuse. De nouveau, il examina le « beau dessin » et le déclic se fit.

— Maman, c'est codé. C'est un message !

Mais il n'eut pas le temps de s'expliquer davantage. On sonnait à la porte d'entrée.

— Tu attends quelqu'un ? chuchota Mme de Molenne.

Jean-Hugues fit lentement non de la tête. On sonna de nouveau. Plusieurs coups précipités. Qui était là, ennemi ou allié ? Jean-Hugues entrouvrit la porte…

CHAPITRE IV

ÇA SE PASSE COMME ÇA CHEZ MC

Se ressaisir ! C'était le mot d'ordre à la MC après l'explosion du bunker.

Se faire un maximum de tunes dans un minimum de temps ! C'était celui de Bernard Martin-Weber. Le gérant du Mondiorama des Quatre-Cents avait été invité par la MC à un *training* de ressourcement proposé par M. Pitch de l'agence de communication Pitch & Spoke. Il se trouvait donc ce matin-là dans les somptueux locaux de la multinationale à la Défense et il regardait férocement autour de lui, en se demandant sur quels pieds marcher pour accéder à une meilleure place dans le groupe MC.

Soudain, il reconnut dans l'assemblée Alicia, la femme aux stricts cheveux gris, qui avait inspecté son magasin et l'avait terrorisé. Il la salua aimablement et son sourire s'agrandit encore quand il découvrit sur son badge bleu son nom au complet : il comprenait pourquoi Alicia tenait tant à se faire appeler par son seul prénom.

— Bonjour, mademoiselle Raduku, lança-t-il, la voix sonore.

— Radoukou, le reprit-elle, le ton glacial. Le *u* se prononce *ou*.

— Ah ?... Je crois que ça commence, excusez-moi.

En effet, tout le monde prenait place, et deux hôtesses distribuaient bloc-notes et stylos siglés MC. BMW lut le programme de la matinée. On allait tout d'abord écouter le *show* de M. Pitch sur « la Phylosophie de la MC » (M. Pitch semblait un peu fâché avec l'orthographe.) Bernard Martin-Weber étouffa un ricanement.

M. Pitch entra alors en scène. C'était un homme très grand et légèrement voûté à force de se baisser pour communiquer. Avec ses beaux yeux sombres et tristes, il aurait pu remporter beaucoup de prix dans les concours canins, catégorie cocker déprimé. Cela fit penser à BMW que maintenant qu'il avait divorcé, il allait s'acheter un chien. Il hésitait entre le labrador et le pitbull. Lorsqu'il se fut décidé pour le husky, très tendance, on en était déjà à la fin du show. M. Pitch parlait de la cible de la MC, son consommateur idéal : l'adolescent.

— Le mondial *teen*[1], baragouina M. Pitch, consomme une part énorme du budget des familles. Si vous tenez le *teen*, vous tenez toute la *family*.

M. Pitch referma brutalement la main.

— Je vais vous demander de fermer les yeux pour bien le visualiser…

BMW regarda autour de lui. Docilement, ses voisins avaient fermé les yeux pour mieux voir l'ado mondial en baskets MC Air, filant sur sa trottinette Mondiosport. BMW ferma les paupières et vit — horreur — le regard insolent de Samir. Contrarié, le gérant du Mondiorama des Quatre-Cents secoua la tête pour en déloger cette image. Péniblement, il réussit à visualiser un beau petit blond tout droit sorti du catalogue des Trois Baudets.

— Quand vous avez *visualize this* mondial *teen*, poursuivit Pitch dont le français se déglinguait, vous pensez très fort : « MC est cool, MC est djeun. »

M. Pitch prononçait ainsi : « djeun », en cognant la langue contre les incisives. On aurait dit qu'il s'apprêtait à cracher.

— *Djeun and cool*, répéta-t-il. *We are djeun and cool.*

1. Il s'agit de l'ado mondial, *teen* étant une abréviation de *teenager*, adolescent.

BMW, qui commençait à perdre ses cheveux et à prendre de sérieuses bouées aux hanches, se répéta avec application : « Je suis djeun et cool. »

Après le déjeuner, les participants furent priés d'examiner la couleur du badge épinglé au revers de leur veste. BMW en avait un bleu.

— Les badges bleus, par ici, s'il vous plaît ! appela alors l'hôtesse.

BMW sentit son cœur accélérer comme ses clients lorsqu'au grattage d'un coupon doré remis à la caisse ils voyaient apparaître les deux lettres : GA… BMW avait-il tiré le badge gagnant ? Il remarqua tout de suite qu'ils n'étaient plus qu'une dizaine à suivre l'hôtesse à travers une enfilade de salons. Alicia Raduku était la seule femme.

BMW n'était pas au bout de ses surprises. On le fit passer avec les autres sous un portique dont la sonnerie se déclencha. Il dut vider ses poches et remettre ses clefs et son coupe-ongles à une espèce de vigile planté devant un écran de contrôle. Puis il entra dans la salle du conseil d'administration de la MC. Sous un lustre monumental se trouvait une table ronde non moins monumentale, verte comme un billard et frappée en son centre du sigle MC.

— Prenez place, monsieur, lui suggéra l'hôtesse.

Devant chaque siège, il y avait sur la table un petit écriteau. BMW put lire : « Herman Frankenboof MC Food », « Alicia Raduku MC Supermarkets », « Georges-Alain de la Pétaudière MC Oil » ou encore « Pr Takamaté MC Research ». BMW tourna autour de la table jusqu'à apercevoir un carton au très banal énoncé : « Bernard Martin-Weber ». Au moment où il allait s'asseoir, il eut un sursaut de frayeur. L'écriteau voisin indiquait : « M. William ». Le patron de la MC allait s'asseoir à côté de BMW ! Pour juguler la panique qui montait en lui, le gérant du Mondiorama se mit à compter les fauteuils. Treize. Il se racla la gorge. Deux des fauteuils étaient vides, celui de M. William et le fauteuil suivant.

Le silence se fit dans la salle dès que tout le monde fut assis et chacun chercha à se donner une contenance, en feuilletant son bloc-notes ou en chassant une poussière de l'immaculé sous-main en cuir vert bouteille.

Le porte s'ouvrit de nouveau et laissa entrer un homme aux cheveux grisonnants, si anodin qu'il en rendait toute description impossible. Pourtant, tout le monde se souleva légèrement de son fauteuil pour le saluer.

— M. William vous prie de l'excuser, fit Orwell en rendant son salut à l'assistance. Il aura sans doute un peu de retard.

Il s'assit à la place laissée vacante à côté de M. William.

— Mais nous pouvons commencer sans lui, reprit-il.

Tout le monde acquiesça.

— Je souhaite voir avec chacun de vous la situation de sa division.

Disant cela, Orwell regardait fixement Herman Frankenboof. Le président de la MC Food démarra au quart de tour :

— Comme vous le savez, monsieur Orwell, il s'ouvre un MC Quick toutes les cinq heures quelque part dans le monde.

M. Pitch, toujours présent, leva la main pour placer son couplet djeun :

— Les *teens* aiment manger ce qui est gras et sucré, et c'est exactement ce qu'on trouve chez MC Quick.

— Un adolescent américain sur quatre est obèse grâce à nous, dit froidement Orwell. Et nous avons bon espoir de parvenir au même résultat en France d'ici cinq ou six ans.

Ce genre de remarque était faite naguère par M. William et tout le monde en riait. Aucun dirigeant MC ne sut comment réagir aux propos d'Orwell. Celui-ci ajouta :

— Quand ces jeunes seront adultes, nous

devrons faire face à un réel problème de santé publique.

Après quelque hésitation, BMW prit un air consterné. Orwell eut un petit rire sardonique :

— Mais nous avons trouvé la parade. Où en sont vos recherches sur la pilule qui fait maigrir, professeur Takamaté ?

— Nous en sommes aux premiers essais sur les hommes, répondit le professeur.

En réalité, il s'agissait d'enfants. Une cinquantaine d'orphelins du Bondebarwa en Afrique noire, qu'on avait préalablement engraissés pour la cause.

— Nous voulons nous assurer de la totale innocuité du produit avant sa mise sur le marché, expliqua le professeur Takamaté.

— C'est toujours prévu pour l'an prochain ? le bouscula Orwell.

— Heu… oui… Le temps de diminuer les effets secondaires du médicament.

Entre autres effets secondaires, il y avait eu le décès de dix orphelins. Mais il s'agissait des plus jeunes. Les aînés avaient bien résisté.

— Et vous, la Pétaudière, poursuivit Orwell, vous avez calmé vos écolos ?

La MC avait implanté une usine pétrochimique entre une maison de retraite et une école maternelle. Les écolos prétendaient que l'usine pouvait exploser.

— Il faudrait faire des concessions, observa la Pétaudière.

— Absolument, l'approuva Orwell. Faites repeindre les panneaux « ZONE DANGEREUSE ».

Puis il se tourna vers un homme au teint de brique et aux veines si saillantes qu'on s'attendait qu'elles éclatent d'un instant à l'autre.

— Pas de nouveaux problèmes avec nos fournisseurs, sir Andrew Slash ?

— On a un peu serré les coûts, répondit Slash. Ça nous met la journée du travailleur à moins de un euro et la paire de MC Air à cent vingt et un euros.

Il eut un gros rire et lâcha :

— On s'en sort !

Les enfants de dix ans qui fabriquaient les MC Air dans les lointaines usines du Tadboukistan ne risquaient pas de réclamer une augmentation.

— Et l'usine qui a pris feu ? hasarda Alicia.

Un incendie s'était déclaré dans un de ces entrepôts insalubres où travaillaient les enfants, faisant douze morts et quarante blessés.

— Nous avons assuré les familles de notre compassion, répondit Slash.

— Au fait, susurra Orwell, j'aimerais que vous nous disiez, mademoiselle Raduku...

— Radoukou, le reprit respectueusement la vieille fille.

— Qu'avez-vous prévu pour remplacer notre ligne de produits Prout ?

Les pots de pâte à prout avaient été interdits à la vente dans presque tous les pays.

— Nous allons lancer les Dégueulosses, répondit Alicia avec un enthousiasme de commande.

Elle sortit de son sac deux petits personnages en plastique, un verdâtre qui vomissait sur lui et un marronnasse accroupi dans une position sans équivoque.

— Ils seront partout dès 2003, assura Alicia. En jeu vidéo, en dessin animé, en figurines et en cartes à échanger. Les enfants vont adorer.

— Les parents vont détester, répliqua BMW.

— Excellent ! s'écria Pitch. Ce sera notre slogan. « Vos parents vont détester. » Très cool.

Mais Orwell ne semblait guère séduit par les deux prototypes en plastique.

— Je parlerai de votre projet à M. William, mademoiselle Raduku.

— Radoukou. Le *u* se prononce *ou*.

— On s'en *fut*, répondit Orwell.

BMW se crut autorisé à rire aux éclats. Raduku était cuite et les Dégueulosses aussi. Martin-Weber sentit alors sur lui le regard d'Orwell et il s'empressa de prendre un air très djeun. « Belle tête d'abruti », songea Orwell.

— Messieurs, dit-il, rayant Alicia de la carte, messieurs, la MC vient de traverser une terrible épreuve avec l'explosion de son siège à Gruyères. Ne nous le cachons pas, nous sommes la cible privilégiée des terroristes. Mais nous savons, messieurs, que la MC n'a jamais été plus puissante…

Le regard d'Orwell flamboya à la pensée de l'ordinateur bleu électrique qui était désormais sa propriété. De maigres applaudissements saluèrent sa sortie.

Une fois seul dans son bureau, Orwell caressa le clavier de l'ordinateur bleu électrique. L'écran de veille se ranima et afficha l'ordre : `Entre ton nom`. Orwell inscrivit `Caliméro` tout en sachant très bien ce qui allait se passer. Le nom du joueur lançait le jeu Golem. Mais c'était le jeu tel qu'Albert l'avait conçu et rien d'autre.

Comment faire pour que les virtuels crèvent l'écran ? Orwell avait peur d'une trahison s'il livrait l'ordinateur à ses experts. Il n'avait d'ailleurs parlé à personne du phénomène, pas même aux hommes du Mondial Investigation Bureau, et il voulait faire taire tous ceux qui savaient quelque chose.

Restait Albert. On n'avait pas retrouvé son corps dans les décombres du bunker. Si quelqu'un pouvait tirer quelque chose de cet ordinateur et de ce jeu, c'était lui. Mais comment remettre la main sur le jeune informaticien ? Un mauvais sourire étira les lèvres d'Orwell. Nadia Martin était en son pouvoir. Nadia Martin était liée à Albert. De quelle nature était ce lien ?

Le petit voyant rouge de l'Interphone se mit à clignoter et la voix lointaine d'une secrétaire se fit entendre :

— Monsieur Orwell ?

Orwell répondit d'un « oui ? » menaçant. On ne devait le déranger que pour une affaire d'importance.

— Il y a quelqu'un qui souhaite vous parler de… de Caliméro, balbutia la secrétaire.

Orwell tressaillit.

— Qui est cette personne ?

— M. Albert ! lança une voix mâle dans l'Interphone.

Un frisson de joie haineuse secoua Orwell. Albert venait donc de lui-même se livrer à la MC. « Il est amoureux de Nadia Martin », songea Orwell en un éclair. Alors, ce serait donnant, donnant : le secret de Golem contre la fille.

CHAPITRE V

ALIAS@GOLEMSEQ12PNJ

Deux hommes se dévisageaient de part et d'autre d'un bureau. Deux hommes qui auraient aimé en venir aux mains tant ils se haïssaient.

— Alors, vous n'êtes pas mort ? dit Orwell.

Albert se contenta de hausser les épaules. Non seulement il était bien vivant, mais lui, l'éternel fugitif, il avait pu changer de vêtements.

— Vous savez où est Nadia Martin ?

D'après les médias, on la recherchait toujours. Orwell regarda Albert bien au fond des yeux, là où brûlait le feu. Amoureux, oui, cet imbécile était amoureux. Orwell prit le temps de sourire.

— Je sais peut-être quelque chose, reconnut-il.

Les mains d'Albert se crispèrent si violemment autour des bras du fauteuil que leurs jointures en devinrent blanches.

— Moi aussi, je sais quelque chose.

— Alors, donnant, donnant, ricana Orwell.

— Prouvez-moi d'abord que vous détenez Nadia.

— Vous tombez bien. Mlle Truchaux m'a donné de ses nouvelles, ce matin.

Orwell sortit une photo d'un dossier et la poussa vers Albert. On y voyait Nadia assise sur une chaise, les épaules basses, l'air hébété. Debout derrière elle et la dominant de son mètre quatre-vingts, une femme tenait grand ouvert un journal. La manchette était consacrée à l'effondrement des cours de la MC. Le cliché était donc récent et montrait la malheureuse Nadia en piteux état.

— Qu'est-ce que vous lui avez fait ?

Le méchant sourire d'Orwell s'épanouit d'aise.

— Votre amie a été un peu secouée par les événements et la MC lui offre une cure de repos. Mlle Truchaux lui est toute dévouée.

La femme qui semblait écraser Nadia de sa pétulante santé avait une curieuse tenue faite d'une robe longue au tissu épais et d'un voile lui retenant les cheveux. Était-ce une nurse à l'ancienne ou une religieuse ? Quelle que fût sa vocation, elle souriait de toutes ses dents. Albert rendit la photo à Orwell en maugréant :

— Pas mon genre de beauté.

Mais la photo avait fait son petit effet. Albert avait peur pour la santé mentale de Nadia.

— Je sais ce qui s'est passé dans mon ordinateur, dit-il avec le ton d'un homme résolu à tout révéler.

Orwell se laissa aller dans son fauteuil et prit un air distrait. Albert lui rappela d'abord ce qu'était Alias : un système de sécurité conçu pour défendre la MC contre toute intrusion. Alias avait pour mission de surveiller tout ce qui se faisait dans le bunker de la MC. Il était présent dans tous les ordinateurs du siège, prêt à lutter contre tous les virus et tous les hackers de la planète. Il avait donc un droit de regard sur Golem, le jeu qu'Albert mettait au point sur son ordinateur bleu électrique.

— La MC m'a demandé de mettre dans ce jeu des images subliminales. Mais cette décision prise au plus haut niveau n'a jamais été communiquée à Alias.

Quand, en secret, Albert avait installé le message subliminal : « Achetez la pâte à prout Mondialo », Alias s'était senti attaqué, attaqué de l'intérieur. L'ennemi, c'était la MC elle-même. Voilà pourquoi il avait détruit le bunker avec l'aide de Natacha.

— C'est bien gentil, tout ça, coupa Orwell. Mais ça n'explique rien. Comment se fait-il que les personnages de Golem sortent de votre ordinateur ? C'est VOTRE ordinateur, c'est VOTRE jeu.

— Connaissez-vous la légende du Golem ? questionna Albert.

Orwell fit un signe vague de la main et Albert poursuivit :

— Au XVIe siècle, dans le ghetto de Prague, le rabbin Loeb décida de se créer un serviteur en le façonnant dans de l'argile. Il traça sur son front le mot *EMET*, « vérité » en hébreu, et lui donna la vie. Mais le Golem ne cessa plus de grandir et il dévasta le ghetto. La créature avait échappé à son maître. Il m'est arrivé la même chose qu'au rabbin Loeb. Golem m'a échappé…

Orwell lâcha un petit rire.

— C'est ridicule.

Un tremblement de colère parcourut Albert. Mais il n'avait pas d'autre choix que de convaincre Orwell.

— Cela peut vous paraître absurde, Orwell, mais Alias a atteint un tel niveau d'intelligence qu'il a pu s'emparer de mon jeu pour abattre la MC. Il y avait une nette ressemblance entre sa condition d'esclave à votre service et celle du Golem. Mais il y a une différence entre vous, Orwell, et le joueur. Une différence que j'ai programmée. C'est que le joueur n'est pas le véritable maître du Golem, il est au contraire son allié et il joue pour lui gagner sa liberté. Alias a donc contacté le joueur qui possédait mon ordinateur, Jean-Hugues de Molenne. Alias a fait de Molenne son allié, celui qui peut lui gagner sa liberté. « Caliméro » est le pseudo de Jean-Hugues et c'est bien le mot de passe pour faire sortir le Golem.

Orwell jeta un sombre regard à l'ordinateur bleu électrique. Cent fois il avait tapé le mot sur le clavier.

— Ça ne marche pas, dit-il.

— Ça ne marche pas parce que Natacha est sortie de l'ordinateur. Mais ça marchera si nous fabriquons un autre golem.

Orwell ne put masquer un intérêt accru. Par-dessus son bureau, il se pencha vers Albert :

— Quel autre golem ?

— À vous d'en décider.

Orwell se renversa dans son fauteuil, plus gonflé que jamais de puissance mégalomane. Un golem, un golem de son choix, un golem dont il serait le maître !

Albert avait demandé un endroit calme pour travailler sur l'ordinateur bleu électrique. Il se retrouvait dans une sorte de cellule éclairée au néon. Une caméra braquée sur lui en permanence enregistrait tous ses faits et gestes.

— Je vais me faire passer pour Caliméro et tenter de contacter Alias, avait-il expliqué à Orwell, sans vouloir lui en dire davantage.

Avant de le laisser s'installer dans sa prison, Orwell l'avait fait fouiller. « Heureusement, songea Albert, qu'il n'existe pas de méthode pour fouiller le cerveau. » Car il avait mémorisé ce qui devait l'aider à contacter Alias : le beau dessin de Natacha.

Après s'être échappé du bunker, Albert était revenu aux Quatre-Cents. Il avait sonné à la porte des Molenne et il avait eu le soulagement de revoir Jean-Hugues vivant. Le jeune prof lui montra alors ce que Natacha avait écrit et qu'il venait de déchiffrer. En apparence, il s'agissait d'une suite de lettres et de chiffres sans signification, imitant quelque langage informatique. Mais il suffisait de prendre la première lettre de chaque ligne pour lire en acrostiche le message suivant : `ALIAS@GOLEMSEQ12PNJ`. Albert avait tout de suite compris qu'Alias donnait rendez-vous au joueur @ Golem, c'est-à-dire dans le jeu. Le reste était tout aussi explicite pour lui, mais il n'avait rien voulu dire à Jean-Hugues. Si le jeune prof retombait aux mains de la MC, il ne pourrait rien révéler.

Albert ferma les yeux un instant, les mains sur le clavier. Constamment sous le regard d'Orwell, il allait devoir jouer serré. Lentement, il tapa le mot de passe qui lançait le jeu. `Caliméro`. Le petit guerrier casqué, botté, scintillant apparut sur l'écran. Il fit tournoyer au bout d'une chaîne une boule dorée hérissée de piquants tandis qu'une voix profonde fredonnait : « Golemmm ». C'était la première séquence du jeu conçu par Albert.

Le jeune informaticien connaissait par cœur les étapes suivantes et il parvint sans encombre à la séquence 12. `SEQ12PNJ`. Albert était dans Golémia, capitale d'heroic fantasy où se côtoyaient des chevaliers, des sorcières, des elfes et des dragons. Restait à trouver ce que les spécialistes appellent dans leur jargon un PNJ, un personnage non joueur programmé par le jeu. La séquence 12 était située place Taliva, un jour de marché. Les personnages étaient nombreux, marchands, voleurs et voyageurs.

Dans cette séquence, le joueur devait s'adresser à un PNJ, une sorcière sur laquelle on cliquait et qui indiquait son chemin au petit guerrier sous forme d'énigme. Albert la fit parler puis, connaissant la réponse à l'énigme, il se rendit à l'auberge du Bec d'Or où il fut attaqué. De piège en combat, le guerrier arriva bientôt à la séquence 37 devant le château où l'attendait le golem à l'état de pixels. Albert comprit alors qu'il avait fait fausse route et qu'il devait revenir à la séquence 12. C'était là et nulle part ailleurs qu'il avait rendez-vous.

La situation dans laquelle il se trouvait, prisonnier consentant, le fit craquer un moment. Il ferma les yeux de lassitude. Il avait cru avoir la solution. Ne s'était-il pas trompé ? Il rouvrit les yeux et parcourut distraitement l'arène du regard. Soudain, il eut la sensation de jouer au jeu : cherchez l'intrus. Dans ce décor qu'il connaissait parfaitement, quelque chose avait changé. Il s'appliqua alors à l'examiner centimètre carré par centimètre carré.

— Bingo, murmura-t-il entre ses dents.

Entre un arbre et un mur, il y avait un tout petit personnage qu'Albert n'avait pas créé, une sorte de gnome avec barbe et bonnet, tenant un arrosoir à la main. PNJ : personnage nain de jardin ! Alias aimait les jeux de mots. La flèche du curseur était devenue une main. Il suffisait de cliquer sur le nain. Celui-ci allait-il s'animer, parler ? Trahirait-il le secret d'Alias ? Albert jeta un regard furtif à la caméra qui le filmait. Puis, prenant l'air maussade du joueur qui va se planter pour la énième fois, il cliqua. Le décor disparut et sur l'écran s'afficha une suite de chiffres et de lettres.

```
JLD.DOC/ FTC12478
EMHX/@DE468597-125XXXNBFAI2835
SJOED:VTH2579845
UST.DOC/EHO1258748985958484/585854
IJFJQOAU.COMEJDJE
SFJEIDJ.DOC/DJEIFJHGZ9UHFA9
AJFJQIAHGUINGOER.IUDFHJ/
LFJPAIGPA94JOAJFT0958/JKFAO8TO21
INDIOAUR298/JFA9759827NCFQAOZ75982
AVNQSOTU9823HGF034/JA098T6K
SV?AE4O9T8BNCVQOIUHGTNVLOAJUIT84
```

Albert se sentit devenir et brûlant et glacé. Alias se présentait sur l'écran : « Je suis Alias. » Cet être inconcevable était là, prêt à dialoguer. Il suffisait de lui répondre de la même façon à la verticale en cachant le message derrière un jargon de simili informatique. Albert prit cette fois-ci l'air concentré du professionnel cherchant à percer les secrets d'un ordinateur et il se présenta à son tour : « Je suis Caliméro », toujours sous forme d'acrostiche. Combien de temps l'informaticien et la machine pourraient-ils discuter de cette façon sans éveiller les soupçons d'Orwell ?

La nuit venue, allongé sur sa couchette, Albert récapitula ce qu'il avait appris. Alias le prenait bien pour son allié. À la question : « Que veut Alias ? », la réponse était venue s'afficher : « Détruire la MC. » Alias avait compris que détruire le bunker de Gruyères et tuer M. William ne suffisaient pas. La MC existait toujours dans le monde virtuel et dans le monde réel. Alias voulait sa liberté et il avait les moyens d'abattre la MC. Il pouvait s'introduire dans tous les systèmes informatiques de la multinationale et y déposer ces bombes qui s'appellent des virus, il pouvait pirater les sites des entreprises du groupe, détourner l'argent des banques, faire s'effondrer les cours en Bourse, déclencher une crise économique, mettre des millions de gens au chômage et renverser des gouvernements !

La MC avait engendré un adversaire à sa démesure. Alias avait en lui les germes de la folie d'Orwell et aucune notion de la souffrance humaine. Mais dans la partie qu'il engageait contre la MC, Alias faisait confiance à son allié. À la question posée par Albert-Caliméro : « Puis-je gagner un autre golem ? », la réponse avait été :

```
ODFNAOUI45788@QHJOIFY28JFAO95J
U/VAOIANFL/.65698AOI475F2JH
IFNAOIUT20.DOCVJJZO818534J58/AIUYT
```

Au petit matin, Albert reçut la visite d'Orwell.

— Avez-vous contacté Alias ?

— Ça n'est pas si simple, répondit prudemment Albert.

— Si je vous faisais parvenir une phalange ou une oreille de Nadia Martin, est-ce que cela stimulerait vos recherches ?

Orwell faisait son offre comme s'il s'agissait d'une bouteille de whisky ou d'une boîte de cigares. Albert le savait capable de découper Nadia morceau après morceau. Il capitula :

— J'ai contacté Alias.

— Bien, très bien, approuva Orwell. Et nous allons pouvoir paramétrer un nouveau golem ?

Sans répondre, Albert revint à la séquence 37 de son jeu et il entra dans le château où le golem attendait d'être éveillé à la vie. Albert cliqua sur une tache blanche qui semblait maculer un tapis. Aussitôt, le tas de pixels frémit. Lentement, il se modela et prit l'apparence du petit golem boudiné et farineux. Dans un bruit de machine à écrire, le message apparut : `Entre le nom de ton golem.` Albert releva la tête vers Orwell :

— Qu'est-ce que je mets ?

— B comme Bertrand, M comme Martin et W comme Walter...

— BMW ?

Dès que les trois lettres furent entrées, une fiche signalétique se déroula du haut en bas de l'écran.

```
COULEUR DES YEUX
COULEUR DES CHEVEUX
COULEUR DE LA PEAU
LONGUEUR ET COUPE DES CHEVEUX
TAILLE
POIDS
```

et ainsi de suite.

— Qu'est-ce que je mets ? répéta languissamment Albert.

— Si je vous donne les paramètres d'une personne réelle, croyez-vous que le golem les reproduira ?

La question laissa Albert sans voix. Son jeu ne prévoyait pas cette éventualité. Orwell lui mit une disquette sous le nez.

— Hier, le conseil d'administration de la MC est passé sous un portique. Chaque personne a été scannée. Je veux donner à mon golem l'apparence de M. Bernard Martin-Weber.

Albert secoua la tête comme s'il jugeait la chose irréalisable. Mais il entra la disquette dans l'ordinateur. Les différents noms du conseil d'administration apparurent à l'écran. Albert réprima un sourire. Tout, oui, TOUT le conseil d'administration avait été scanné.

— Sélectionnez BMW, ordonna Orwell.

Ce que fit Albert. Et sous ses yeux ahuris, le petit golem farineux prit l'exacte apparence d'un cadre en costume cravate. C'était la reproduction fidèle du gérant de Mondiorama, à un détail près. Orwell se pencha vers l'écran :

— Qu'est-ce que c'est que ce machin sur le front ?

— EMET, répondit Albert placidement. C'est la marque de fabrique. L'équivalent de « *made in China* ».

Orwell fronça les sourcils de mécontentement. Sur l'écran, un parchemin se déroula, portant les mentions suivantes :

```
INTELLIGENCE
CARACTÈRE
POUVOIRS
QUALITÉS
```

— Il est con, fit Orwell.

Albert colla au golem un QI de 80.

— Sans pouvoirs et sans qualités, débita Orwell. Pour le caractère…

Il n'hésita qu'une seconde :

— Mettez « djeun et cool ».

Albert fit un signe de tête. En réalité, son jeu ne pouvait pas intégrer de telles « qualités ». Sous prétexte de réglages, Albert reprit le dialogue avec Alias et l'initia au verlan.

À la fin de la journée, le golem BMW con, djeun et cool était prêt à l'emploi. « Quel emploi ? » se demanda Albert en s'étendant sur sa couchette. Tandis que les ombres de la nuit envahissaient sa cellule, il entrevit le monstrueux projet d'Orwell. Mettre des golems à la place des vivants. Le crime parfait, tout simplement.

CHAPITRE VI

CI QUOI, CE BIN'S ?

Quand les vannes s'ouvrirent, Aïcha comprit qu'elle se retenait depuis des heures. Les larmes étaient là, stockées derrière ses yeux. À présent, elles jaillissaient. Et le réservoir paraissait inépuisable.

Les trois garçons l'entouraient. Aïcha ne sut si elle devait prendre la main de Majid ou la main de Sébastien. Alors, elle agrippa le t-shirt de Samir et sanglota sur sa poitrine.

Il y avait là quatre lits alignés contre un mur blanc, comme dans un sinistre conte de fées. Une chambre d'hôpital qui avait un parfum de prison.

Deux jours passèrent. Aïcha pleura en dormant, pleura en mangeant. Ses yeux ressemblaient à deux grosses éponges rouges. Aussi, dès qu'il le vit, Samir interpella vigoureusement l'inspecteur Eberhardt, de la police helvétique :

— Faut la ramener chez elle, là, m'sieur, parce que ses vieux y vont la tuer.

— Ne vous inquiétez pas, dit Eberhardt. Vos parents ont été prévenus.

— Mais prévenez-les pas ! protesta Samir. Y vont la tuer deux fois !

L'inspecteur jeta un regard déconcerté sur la gamine.

— Il fallait bien rassurer vos parents.

— Mon cousin Moussa il y a été en Suisse, sanglota Aïcha. La police elle l'a mis dans un avion, elle l'a renvoyé à Bamako. Je veux rentrer chez moi. Je veux pas aller à Bamako.

La porte de la chambre se rouvrit. La dame qui entra portait une longue robe verte et une sorte de voile sur la tête. Elle avança vers les enfants à pas invisibles, comme si elle glissait sur le parquet. Elle avait de grands yeux bleus émerveillés et deux incisives plus longues que celles de Bugs Bunny.

— Je suis Mlle Truchaux, dit-elle. Je représente la Croix-Rouge.

— Mlle Truchaux est spécialisée dans le soutien aux victimes, ajouta l'inspecteur. Elle va… ben, elle va vous soutenir.

Mlle Truchaux prit immédiatement les deux mains d'Aïcha et lui offrit un sourire de soutien tellement immense, tellement intense, que la petite

Malienne eut l'impression de s'y engloutir. À présent, Aïcha n'avait plus peur. Elle était terrifiée.

— M. l'inspecteur va vous poser quelques questions, expliqua Mlle Truchaux. Vous n'êtes pas obligés de répondre. Si une question vous gêne, vous me faites un petit signe, par exemple de cette façon, en levant le pouce. La question me gêne, je dis : pouce ! D'accord ? Et, si vous voulez, vous pouvez répondre simplement oui ou non en hochant la tête.

— Est-ce qu'on a droit à un joker ? demanda Majid.

La demoiselle de la Croix-Rouge lâcha les mains d'Aïcha pour saisir celles de Majid.

— Tu as tous les droits, Majid, nous sommes là pour t'écouter.

Elle sourit si longtemps que Majid put compter une bonne quarantaine de dents.

Eberhardt se racla la gorge. La police suisse voulait bien être gentille avec des enfants mais elle avait malgré tout une enquête à mener.

Pour Majid, Samir, Aïcha et Sébastien, l'interrogatoire fut une épreuve pénible. L'inspecteur Eberhardt, lui, s'en souvint plus tard comme d'un des moments les plus difficiles de sa carrière. Il avait souhaité prendre les choses avec méthode, faisant raconter aux enfants des Quatre-Cents ce qu'ils avaient vécu depuis qu'ils avaient quitté leur cité. Il s'était préparé à écouter le récit ennuyeux de mômes lâchés parmi les attractions d'un grand parc. Tours de manège et maisons hantées, petit train et barbe à papa. Or, il avait tout de suite perdu le contrôle de la situation.

Les mômes racontaient tout bonnement n'importe quoi. Et chacun donnait des événements une version différente. Heureusement, Mlle Truchaux ne perdait jamais son sang-froid.

— Je crois qu'il s'est produit un drôle de mélange dans vos petites têtes, dit-elle de sa voix enjouée. Les personnages de Mondioland sont des attractions, vous le savez bien. Ils sont un peu bizarres, mais ils sont là pour amuser les enfants. Sébastien, tu es un garçon raisonnable, n'est-ce pas ? Tu sais bien que la sorcière Mondialita n'est pas une vraie sorcière ?

— Ben non. C'est Eddie, mais il a été hypnotisé et…

L'inspecteur fit signe à Mlle Truchaux et lui glissa en aparté :

— Le plus probable, c'est que ces enfants ont été drogués. Ils ont perdu tout contact avec la réalité.

Eberhardt ne voulait pas que les délires des enfants apparaissent noir sur blanc dans leur déposition. Car, dans ce cas, ils allaient se retrouver entre les mains du MIB. Sans bien s'expliquer pourquoi, l'inspecteur n'aimait pas, mais pas du tout le MIB.

— Écoutez-moi, les enfants, dit-il. Vous auriez dû passer une bonne journée à Mondioland et vous êtes tombés au milieu d'une opération terroriste. Les sorcières et les épées laser, c'est dans les jeux vidéo. La vie n'est pas un jeu vidéo.

Eberhardt vit avec satisfaction que Majid et Samir hochaient gravement la tête. Peut-être les avait-il convaincus. « Le plus dur, songea-t-il amèrement, ça va être de me convaincre, moi. »

Le lendemain matin, Mlle Truchaux accompagna les enfants à l'aéroport et les installa dans un petit avion, spécialement affrété pour eux. À leur arrivée, ils seraient conduits dans un hôpital de la région parisienne pour des examens complémentaires. Dans l'avion, une charmante hôtesse leur offrit des jouets, des bonbons et des journaux illustrés. Craignant que les enfants ne soient pas encore tout à fait remis de leurs aventures, elle leur fit aussi avaler une pilule bleue. « Un calmant », leur dit-elle. Samir remercia bien gentiment. Mais il avait tant vu de médicaments sur la table de Lulu, des médicaments qui ne servaient à rien, qu'il les détestait. Il but le verre d'eau et jeta la pilule sous son siège. Son regard croisa celui de l'hôtesse. L'avait-elle vu ? Elle ne fit aucun commentaire.

Dix minutes plus tard, elle distribua des écouteurs et elle alluma les petits écrans de télévision. Un peu hébétés, les enfants se mirent à regarder les dessins animés. C'étaient des Bugs Bunny. Samir estima qu'il avait passé l'âge et il coupa le son. Par association d'idées, il repensa à Mlle Truchaux et voulut en dire un mot à Sébastien. C'est alors qu'il remarqua l'air *stone* de son voisin. Il regardait fixement l'écran. Samir en fit autant et il vit que le dessin animé s'était brouillé. Des formes géométriques se formèrent et se déformèrent sous ses yeux. Il voulut prévenir l'hôtesse. Mais il aperçut alors Majid et Aïcha de l'autre côté. Ils avaient le même air hébété que Sébastien.

Sur l'écran était apparue une spirale noire et blanche qui s'enroulait à l'infini. Pris de vertige et presque de nausée, Samir détourna les yeux mais il remit le son. Dans les écouteurs, sur un fond de musique, un flot de paroles s'écoulait. La MC avait sans doute commis quelques erreurs mais elle avait à cœur de les réparer. La MC faisait en sorte que les heureux gagnants ne conservent pas un trop mauvais souvenir de leur séjour à Mondioland. *Écoute la MC. La MC te dit ce qu'il faut penser...*

Samir reconnut tout de suite l'hôpital à la descente de l'ambulance. C'était celui des Quatre-Cents, celui où Lulu était soignée. Les enfants furent séparés à leur arrivée. Dès qu'il fut seul dans une chambre, Samir alla vers la porte et en tourna la poignée.

— Sur le Coran de La Mecque !

Il était enfermé. De rage, il donna un coup de poing dans la porte. Puis se calma. Il fallait sortir de là. Il ouvrit la fenêtre. Il était au troisième étage. Aucun espoir de ce côté. La porte s'ouvrit alors pour laisser le passage à une fille de service poussant un chariot.

— Thé, dit-elle.

Et elle s'en alla. Samir resta un moment à l'arrêt. La fille allait sûrement s'apercevoir de son erreur, revenir sur ses pas et verrouiller de nouveau la porte. Samir compta dix secondes dans sa tête puis se rua vers la sortie.

Une fois dans le couloir, il fonça vers l'escalier de service. Il savait que Lulu était au quatrième étage. Dans l'escalier, il croisa une infirmière qui lui jeta un regard un peu étonné. Samir comprit qu'il devait faire vite s'il tenait à sa liberté. Il traversa l'étage en courant.

— Lulu !

La petite était là, inerte. La Force l'avait quittée. Samir posa le front sur l'oreiller puis chuchota :

— Lulu, t'es pas morte ? Lulu, c'est moi…

— Samir ? fit une toute petite voix incrédule.

Les deux enfants se regardèrent comme s'ils ne devaient plus jamais se revoir.

— Joke, souffla Lulu.

— J'y vais.

Samir ressortit précipitamment et, au détour du couloir, il percuta un homme en blouse blanche et lunettes noires.

— Vous ne pouvez pas faire attention…

L'homme le retint par le t-shirt. Mais Samir se dégagea en y mettant une telle rage que l'homme aux lunettes noires tituba.

— Eh, mais reviens là, toi ! cria-t-il.

Avant de disparaître dans l'escalier, Samir lui fit de la main une réponse appropriée.

Les carrières abandonnées n'étaient pas très loin de l'hôpital. Tout en courant, Samir passait en revue tous les adultes qu'il avait croisés récemment : Natacha, Eddie, Orwell, l'inspecteur Eberhardt, Mlle Truchaux, l'hôtesse dans l'avion, l'homme aux lunettes noires. Où étaient les gentils, où étaient les méchants ? La seule certitude qu'il avait, c'était qu'il devait tracer seul s'il voulait sauver Lulu. Mais en pénétrant dans la grande caverne, il s'aperçut qu'il avait été devancé. Quelqu'un avait garé là sa voiture. Samir s'approcha prudemment. Le véhicule était immatriculé en Suisse, ce qui était encore plus alarmant.

Samir s'aventura dans une galerie, à la recherche de Joke. Dans l'obscurité, il distingua une sorte de flaque faiblement lumineuse. Joke était en train de se diluer. Allait-il disparaître tout à fait ? Y avait-il une mort pour un ectoplasme électrique ? Et comment le nourrir sans le moindre argent ? Samir se frappa le front.

— Mais le con !

La batterie de la voiture. La voler ne fut qu'un jeu d'enfant. Samir courut la porter à Joke et fut immédiatement récompensé de son beau geste par un éclatant :

— Cocorico, soleil levé !

suivi d'un désastreux :

— Moi beaucoup faim.

Rassuré sur le sort de Joke, Samir commença à s'inquiéter du sien. Il se serait encore plus inquiété s'il avait vu les deux hommes armés à l'entrée de la carrière. La fugue de Samir ne devait rien au hasard. Il avait été suivi. Dans quelques secondes, les hommes du Mondial Investigation Bureau allaient entrer en action.

Ce même jour, Emmé vint chercher son fils à l'hôpital des Quatre-Cents. Depuis que ce monsieur de la police suisse l'avait appelée, elle ne vivait plus. Il lui avait parlé d'un « attentat antimondialiste » au téléphone et Mme Badach lui avait demandé :

— Ci quoi, ce bin's ?

L'inspecteur Eberhardt n'avait pas eu l'air de comprendre la question.

Dans le hall de l'hôpital, Emmé aperçut le père d'Aïcha et un couple à l'air égaré, sans doute les parents du petit Sébastien. Mais elle n'eut pas le temps d'aller vers eux.

— Madame Badach ?

Une voix grave fit se retourner Emmé. Un homme en blouse blanche et lunettes noires répéta :

— Vous êtes madame Badach ?

— Oui, monsieur. Ti sais où il est mon fils ?

Elle ne voulait qu'une chose : emmener Majid à la maison et lui faire du thé à la menthe. Après, on verrait.

— Votre fils a encore quelque difficulté à se situer dans le réel, répondit l'homme. C'est normal, étant donné la nature traumatique de son vécu récent.

Emmé ouvrit la bouche puis jugea prudent de la fermer.

— Ji peux le voir ? demanda-t-elle d'une voix très douce.

— Une confrontation sans intermédiaire pourrait lui être préjudiciable.

L'homme eut un mince sourire dont Mme Badach comprit fort bien la signification. Il la prenait pour une imbécile.

— Je vais vous conduire à sa chambre, reprit l'homme, qui n'avait même pas songé à se présenter.

Mentalement, Emmé le baptisa « Lunettes noires », et « Lunettes noires » ne lui plaisait pas beaucoup.

— Emmé !

— Allah akbar !

Mme Badach eut à peine le temps d'ouvrir ses bras. Jamais son petit dernier n'y avait ainsi cherché refuge.

— On rentre à la maison, emmène-moi, chuchota Majid. J'ai pas de sac. J'ai plus rien.

— Ci pas grave pour le sac, dit Emmé. Ti es vivant. Ci le plus important.

Tenant son fils par la main, elle fit un pas vers la sortie. Mais Lunettes noires barrait la porte.

— Avant que vous partiez, j'aimerais que Majid vous raconte ce qui lui est arrivé.

— À la maison ! s'exclama le jeune garçon en retrouvant l'insouciance de ses douze ans.

— Non, maintenant.

Mme Badach eut un léger tressaillement.

L'homme sentit qu'il avait parlé trop brutalement et il ajouta :

— Majid a eu quelques bouffées délirantes à son arrivée à l'hôpital. Je veux vérifier que tout est rentré dans l'ordre. Alors, qu'est-ce qui t'est arrivé, mon garçon ?

Majid fronça les sourcils comme s'il faisait un effort pour rassembler ses souvenirs et il commença ainsi :

— Nous étions tous les quatre sur le parking à Mondioland et nous allions reprendre le véhicule de Sébastien quand, tout à coup, deux femmes sont arrivées en courant.

Il se tut comme s'il cherchait ses mots. En fait, il cherchait les images qui correspondaient aux mots qu'il prononçait.

— Elles ont tiré sur des employés de Mondioland qui étaient déguisés en cow-boys puis elles nous ont dit de monter dans le camping-car.

Emmé écoutait, bouche bée. Majid raconta encore comment les deux femmes les avaient ligotés et conduits jusqu'à Gruyères, où elles avaient fait sauter le siège de la MC.

— Mais elles ont été arrêtées par un barrage de police et elles n'ont pas eu le temps de se servir de nous comme otages, conclut Majid.

— Bien, très bien, approuva Lunettes noires.

Puis il se tourna vers Emmé :

— Votre fils aura peut-être des moments de flottement dans les jours à venir, un peu d'angoisse, hein ? N'hésitez pas à lui faire prendre ceci.

Il lui tendit deux plaquettes de pilules bleues.

— Deux, le soir. Trois, s'il est agité.

Emmé fit presque une courbette en prenant le médicament.

— Merci, monsieur.

— De toute façon, une assistante sociale viendra voir chez vous si tout se passe bien. Vous êtes en règle avec les autorités, j'imagine ?

Le ton était faussement anodin. Il y avait de la menace dans l'air. Majid ne s'y trompa pas.

— Je suis céfran, dit-il en cherchant les yeux de l'homme derrière les verres fumés.

Celui-ci posa la main sur la poignée de la porte mais, avant de la tourner, il ajouta :

— Ah oui, très important, madame Badach. Majid ne doit pas revoir ses camarades pour le moment.

— Eh ! Il rêve, là ? s'écria Majid.

Mais Lunettes noires avait décidé de l'ignorer :

— Vous comprenez, s'ils se retrouvent, ils ne vont parler que de ce qui leur est arrivé et ils vont réactiver le trauma. Je compte sur vous, madame Badach.

Emmé se fit encore plus douce, encore plus soumise.

— Oui, monsieur.

Le mince sourire reparut sur le visage de l'homme et il laissa passer la femme et l'enfant par la porte entrouverte. Dans le couloir, la voix rageuse de Majid se fit entendre :

— Emmé, t'as quand même pas peur de ce…

— Chut, fit sa mère en lui pressant la main.

Sans même se retourner, elle sentait dans son dos le regard de Lunettes noires.

Mme Badach posa devant son fils l'assiette de cornes de gazelle.

— Alors, ti me racontes ?

Elle pensait que son fils, délivré de la présence de Lunettes noires, allait cesser de jouer la comédie.

— Mais je t'ai déjà raconté !

Majid n'avait pas envie de reparler de toute cette histoire. Dès qu'il y pensait, une curieuse fatigue l'envahissait. Il n'arrivait pas à fixer ses idées.

— Comment elles itaient, les tirroristes ?

Majid fronça les sourcils.

— Deux femmes sont arrivées en courant. Elles ont tiré sur des employés de Mondioland qui…

— Pourquoi ti me parles comme ça ? demanda Emmé, le ton chagriné.

Majid regarda autour de lui, son ordinateur sur la table, les Babar de la tapisserie, le petit verre décoré où fumait le thé à la menthe. Il était revenu chez lui. Il y avait juste cette chose étrangère en lui.

— Deux femmes sont arrivées en courant, répéta-t-il à mi-voix.

Rien. Il ne voyait rien. Il ne pouvait pas décrire les terroristes. Il ne les revoyait pas. Il jeta un regard naufragé à sa mère.

— Ci pas grave, le rassura-t-elle. Ci le trauma.

— Faut peut-être que je prenne les pilules ?

— Ci mieux les gâteaux, répondit Emmé en poussant l'assiette vers Majid.

Le soir vint. À peine allongé, Majid s'endormit et Emmé resta un instant à son chevet. Puis elle alla se coucher, renfermant en elle mille pensées confuses qui cherchaient à se frayer un chemin.

En pleine nuit, un cri la fit se dresser dans son lit.

— Emmé !

Elle courut à la chambre de Majid. L'enfant s'était assis et, le doigt tendu, il hurlait :

— Attention, elle va tirer !

Puis il plaqua les mains sur ses yeux en sanglotant :

— Le sang, oh, du sang…

Doucement, Emmé le secoua par les épaules pour le sortir de son accès de somnambulisme.

— Les pilules, gémit Majid, donne les pilules.

Emmé alluma le plafonnier. Elle hésitait. Il n'y avait rien d'écrit sur les plaquettes de médicament.

— Donne, sinon elle va revenir.

— Qui ?

— La terroriste.

— Ti l'as vue dans le rêve ? Comment elle itait ?

— Deux femmes sont arrivées en courant, marmonna Majid.

— Ci pas un rêve, ça. Ci une leçon.

Majid ne répondit rien. Il regardait en lui-même, cherchant les images du rêve. Une femme. Elle tient un revolver. Elle tire. Il y a du sang sur le dessus-de-lit. Mais tout se brouille et la phrase, obsédante, envahit de nouveau Majid : « Deux femmes sont arrivées en courant. »

À neuf heures du matin, l'assistante sociale était là.

— Tout se passe bien, madame Badach ?

Emmé connaissait les assistantes sociales qui parcouraient les étages des Colibris. Celle-là n'en faisait pas partie.

— Si, madame, merci.

L'assistante sociale entra au salon et aperçut Majid.

— Et Majid, il a pris ses médicaments ?

Majid, mal réveillé, poussa un grognement. L'assistante sociale posa sur la table une nouvelle boîte.

— Le docteur avait oublié de vous les prescrire. Un le matin et un le midi, en plus des pilules bleues, le soir.

Emmé se contenta d'acquiescer, en prenant un air benêt. L'assistante sociale se planta brusquement devant elle :

— Votre mari n'est pas là, madame Badach ?

— Ci son nouveau travail. Il fait le camion.

— Chauffeur routier ? Et vous êtes bien en règle pour le travail ? Parce que chez vos voisins, ça n'était pas tout à fait le cas…

Emmé comprit que les parents d'Aïcha avaient déjà reçu la visite de l'assistante sociale.

— Ti veux voir les papiers ? proposa Emmé.

— Non, je vous fais confiance… Mais je sais que votre Haziz a eu des ennuis avec la justice. Alors, ne vous faites pas remarquer.

Emmé prit un air très effrayé et se mit à geindre :

— Mon pauv' Haziz, ci pas sa faute. Il a jamais

eu de la chance. Ti veux pas du thé, madame, un gâteau ? Des pitits gâteaux pour tes enfants ?

Emmé raccompagna la femme vers la sortie, après lui avoir fourré des gâteaux bien collants dans les mains. Puis elle revint au salon, attrapa les médicaments qui traînaient sur la table et alla les jeter dans le vide-ordures de la cuisine.

— Pourquoi tu fais ça ? s'étonna Majid dans son dos.

— Ci pas une assistante sociale, dit Emmé. Ci une menteuse. Et Lunettes noires, ci pas un docteur, ci un…

Emmé, qui voulait rendre à ce prétentieux la monnaie de sa pièce, conclut fermement :

— Ci un psychopathe.

CHAPITRE VII

SORRY

Les hommes du MIB étaient dans la carrière. Ils avaient vu Samir voler la batterie puis disparaître dans la galerie.

— *Stay here*[1] *!*

Tommy, le grand Black, avait pris la direction des opérations. Payne s'accroupit derrière la voiture. Tommy glissa une main sous sa veste pour en extirper une arme. Puis il avança dans la galerie, les deux bras tendus à l'horizontale, balayant l'air de son revolver. Soudain, une voix surnaturelle le fit se plaquer à la paroi suintante.

— Oui, hi, hi, c'est la fête !

« Ça parle », songea Tommy. Il grimaça de dégoût. Et qu'est-ce que « ça » disait ?

— Bisous ami.

1. « Reste ici. »

Dix ans au service du MIB avaient préparé Tommy à une rencontre du troisième type. Il n'en eut pas moins un choc terrible. La chose crépitait et cherchait ridiculement à imiter une forme humaine. Elle tentait d'attirer ses victimes en répétant :

— Caresse-moi. Moi ami.

Tommy eut alors la certitude que la créature l'avait repéré et, les bras toujours tendus, il se mit à tirer, tirer, tirer. Des cris de panique envahirent la galerie. Mais la créature n'y était pour rien. C'était le gamin. Tommy avait failli le tuer en déchargeant son arme.

— Viens vers moi ! cria Tommy à Samir. Je te couvre.

En rampant, Samir rejoignit le Black, qui l'attrapa brutalement et le mit à l'abri derrière lui en l'assommant à moitié contre la paroi.

— Mais c'est quoi, ce film ? bredouilla Samir.

— N'aie pas peur, le rassura Tommy. La chose ne peut plus rien contre toi. Je suis là à présent.

— Mais c'est qui, ce ouf ? fit Samir entre ses dents.

Le mec avait dû péter un câble en voyant Joke. En tout cas, il avait pu constater que sa quincaillerie ne lui était d'aucune utilité. Joke rigolait :

— Oui, hi, hi, c'est la fête.

Tommy débita deux ou trois phrases sans doute peu aimables où il était question de *biche* et de *phoque* comme dans les raps américains. Puis il contraignit Samir à un retrait stratégique en lui tordant le poignet.

Dans la grande caverne, ils furent accueillis par un : « *Hands up*[1] *!* » tonitruant.

Payne avait le doigt sur la détente. Reconnaissant son collègue, il remit l'arme dans son étui.

— Ils sont là, dit Tommy en désignant l'entrée de la galerie.

— Tu les as vus ?

Tommy répondit d'un simple battement de cils.

— J'ai sauvé le gosse, dit-il.

Samir se frottait le sommet du crâne. Jolie bosse. Payne se tourna vers lui :

— Sais-tu combien il y en a ?

— Ben. Un.

Payne eut un sourire amer. Pauvre môme. Il ne se doutait pas…

— C'est un nid, tu comprends ? Ils doivent être des centaines dans ces galeries.

Samir écarquilla les yeux. Des centaines de Joke ?

1. « Haut les mains ! »

— L'invasion a commencé, lui expliqua Tommy. Ils n'ont pas de forme. Ils sont obligés d'envahir des corps humains pour agir. Tu as entendu parler de… Natacha ?

Samir fit une vague grimace.

— C'était une jeune fille comme toutes les autres, dit Payne. Elle voulait aimer, être aimée. Maintenant, elle est possédée par un de ces ectoplasmes.

Le mot d'ectoplasme fit tressaillir Samir. Sébastien lui avait bien parlé d'« ectoplasme électrique ». Les deux Américains savaient-ils des choses que lui, Samir, ignorait ? Tommy le questionna de nouveau :

— As-tu entendu parler d'autres personnes comme Natacha dont le comportement aurait brusquement changé ?

— Ben, y a Lulu. C'est ma petite sœur. Elle est connectée sur l'onde méga de Joke. Enfin, un truc du genre…

— Et où elle est, ta petite sœur ? demanda Payne, la voix affectueuse.

— À l'hosto… À l'hôpital des Quatre-Cents.

Lunettes noires fut un peu surpris de voir Samir de retour avec Payne. C'était sur ordre du MIB qu'il avait laissé filer le gamin.

— Tout va bien ? s'informa-t-il.

— *All is okay*, assura Payne. Bouclez le quatrième étage. Personne dans le secteur.

Samir était de plus en plus impressionné.

— Je viens de parler avec les infirmières, lui dit Payne. D'après elles, la maladie dont souffre ta petite sœur la condamne à rester au lit sans la moindre force. Or, il lui arrive de se montrer pleine d'énergie. Ce monstre, cette chose, comment l'appelles-tu déjà ?

— Joke ? murmura Samir.

— Ce monstre… ce Joke… il essaie de s'emparer de ta petite sœur à distance. Tu comprends quel sort terrible l'attend ? Tu comprends ?

Samir, complètement paumé, ne put rien répondre.

— S'il réussit, il fera d'elle une autre Natacha. Une tueuse. Il faut à tout prix empêcher qu'une telle chose se produise, n'est-ce pas ? Es-tu prêt à m'aider ?

Samir semblait tétanisé. Payne le réconforta d'une virile bourrade :

— Je suis sûr que toi et moi, on va faire du bon boulot.

Samir fut tenu au secret pendant une heure dans la petite salle de repos des infirmières. Puis on vint le chercher.

— Samir ! hurla Lulu en tendant les bras vers lui.

La petite avait la tête prise dans une sorte de casque et les bras, la poitrine couverts d'énormes pansements d'où sortaient des fils de toutes les couleurs.

— Attends, mais c'est le laboratoire du docteur Maboul ! s'insurgea Samir.

La pièce était pleine d'écrans allumés avec des lignes blanches qui montaient et descendaient, des pointillés qui se promenaient, des voyants rouges qui clignotaient. Ça faisait *bip bip* dans tous les coins. Malgré une piqûre sédative, la petite fille restait très agitée et avait déjà arraché trois fois les fils qui la reliaient aux machines. Preuve, selon Payne, que l'ectoplasme Joke était en train de s'emparer d'elle et décuplait ses forces.

Dès que Samir fut assis près d'elle, Lulu se détendit.

— C'est… c'est pas pour te faire du mal, balbutia son grand frère. C'est un genre de docteur.

Il désignait Payne.

— Et tu vois, moi aussi, je mets un casque, dit Payne avec un grand sourire. Allô, allô, planète Mars, vous m'entendez ?

Mais la plaisanterie fut de courte durée.

— Bon, vas-y, dit-il à Samir, occupe-la. Raconte-lui une histoire.

Samir lui jeta un mauvais regard. Il sentait que, malgré ses brèves démonstrations d'amitié, l'autre l'utilisait. Il attrapa le koala en peluche qui traînait sur le lit de sa petite sœur et, le ton maussade, il commença l'histoire, vaguement lue dans un album, de Koko le koala qui marchait la tête en bas parce qu'il venait d'Australie. Il fit rebondir Koko sur la tête en faisant *zbong*, *zbong* et tira de Lulu un pâle sourire d'approbation.

Se désintéressant des enfants, Payne procéda au réglage du micro :

— *One, two, three, one, two, three, Tommy ?*

Avec sa combinaison intégrale et son casque à visière de Plexiglas, Tommy ressemblait à un cosmonaute. Il se sentait à peu près en sécurité, mais question confort, cela laissait à désirer. Il crevait de chaud et, chaque fois qu'il ouvrait la bouche pour parler ou respirer, la vitre de son casque s'embuait.

On aurait cru que la vaste caverne s'apprêtait à vivre une nouvelle édition de la Mondial Aréna. Consoles, ordinateurs, appareils de mesure, générateurs, en une heure, Tommy avait vidé toute une camionnette. Sans parler du réservoir d'eau sous pression.

Car Tommy avait commencé par alimenter la nappe d'eau qui s'étendait devant l'entrée des galeries. Prudemment, il se tenait de l'autre côté de cette mare protectrice. D'après ce que Samir avait dit, la créature craignait l'eau plus que tout.

Quand Payne lui en eut donné le signal depuis la chambre d'hôpital, Tommy mit l'ensemble de ses appareils sous tension. La rapidité avec laquelle la créature réagit le laissa stupéfait. Joke sortit de sa tanière comme un papillon attiré par une lampe.

— *What a monster!* chuchota Tommy dans son casque.

Il inspira un grand coup et, sans quitter le monstre des yeux, alla ramasser sa mitraillette. L'arme ne devait pas peser plus de deux cents grammes. Tommy venait de l'acheter au Mondiorama pour une quinzaine d'euros.

— Phase un, annonça-t-il dans son micro.

Tommy visa l'ectoplasme et balança une rafale. Une pluie de balles de ping-pong s'abattit sur le grand corps aux contours flous. Elles semblèrent s'y noyer, disparaissant dans une cascade de petits crépitements. Cela confirmait la terrible puissance de destruction de la créature.

Dans la chambre d'hôpital, Payne, le casque sur les oreilles, écoutait son collègue d'un air concentré. Pendant ce temps, Samir improvisait sur le thème de Kaka, le kaolo qui pétait le cul en l'air.

Payne se tourna vers les enfants et les interrompit brusquement :

— Il paraît que Joke a dit : « Cocorico soleil levé ! » Est-ce que vous savez ce que ça signifie ?

— C'est du furby, répondit Samir.

— Du quoi ?

— C'est parce qu'il a avalé un… Il parle furby, abrégea Samir. C'est sa langue.

— Et vous, les enfants, vous le parlez, le furby ?

— Un peu, admit Samir. Surtout Lulu.

— Ah… Est-ce que Lulu pourrait me dire quelque chose en furby ?

Lulu réfléchit, les yeux au plafond, puis dit d'une voix de robot :

— Moi dormir encore.

Quelque peu déconcerté, Payne transmit la phrase à son collègue. L'instant d'après, Tommy lui annonça :

— Communication établie. L'ectoplasme semble en effet s'exprimer en furby. M'a répondu « caresse-moi ». Signification inconnue.

Un peu plus tard, il compléta :

— Prêt pour la phase deux. Jet d'objets métalliques.

Tommy devait répéter l'expérience des balles de ping-pong, mais cette fois avec des boulons du rayon quincaillerie de Mondiorama. L'effet produit fut plus notable. Quand elles entraient en contact avec le monstre, les petites masses métalliques produisaient étincelles et mini-déflagrations. Tommy alla consulter l'écran de son dispositif d'analyse spectrographique. Le résultat était là, incontestable et effarant.

— Ici Tommy. Analyse terminée. La créature est composée d'énergie pure. Je répète : la créature est composée d'énergie pure.

Dans la chambre de Lulu, Payne fit la grimace. Depuis quelques heures, il s'était pris à rêver. Pourquoi ne pas s'emparer du monstre et le ramener avec eux, comme King Kong enchaîné jusqu'au port de New York ? Énergie pure… la capture s'annonçait difficile. Il était sans doute préférable de le détruire, d'autant que la fillette était de plus en plus agitée. En réalité, Lulu se tordait de rire parce que Samir délirait sur Kuku, le petit Kakaololo qui chiait partout sur les draps.

— Nous pouvons procéder à la phase laser, dit Payne à son collègue.

— Reçu.

Le rayon laser jaillit d'une sorte de canon et frappa Joke de plein fouet. L'effet sur le monstre fut immédiat et spectaculaire. Sur l'écran, le spectrographe indiqua un véritable bouillonnement, comme si on avait jeté Joke dans un accélérateur de particules. Néanmoins, constata Tommy, la créature ne semblait guère troublée. Il eut même l'impression qu'elle gagnait de la consistance et, bientôt, du volume.

— On dirait que le laser le nourrit, indiqua-t-il dans le micro à son collègue du MIB.

Ce que lui confirma Joke en personne en émettant un puissant :

— Moi encore faim !

Finalement, le furby était une langue assez simple.

Le rire de Lulu était de plus en plus hystérique. Elle voulait se lever, sauter, danser.

— Tiens-la ! cria Payne à Samir. Il ne faut pas qu'elle arrache les fils.

Ce qui intéressait Payne se passait sur ses écrans. Il voyait les lignes blanches aller de pics en creux, les tracés s'accélérer, les clignotants s'affoler. La démonstration était faite. L'étrange créature tentait d'insinuer son impalpable nature électrique dans le corps de l'enfant affaibli par la maladie. Jadis, on aurait appelé cela de la sorcellerie, un cas de possession démoniaque.

Soudain, tous les voyants explosèrent. Les lignes blanches se figèrent. Les appareils de mesure crépitèrent.

Samir poussa un cri et partit à la renverse. Lulu venait de l'éjecter. Elle bondit sur ses pieds et se mit à sauter sur le lit comme sur un trampoline. De plus en plus haut, avec une vigueur insensée. Au troisième saut, ses cheveux effleurèrent le plafond.

— Stop ! hurla Payne dans son micro. Stop ! *Stop that now !*

Mais il ne reçut aucune réponse. La liaison était coupée.

Au moment où Payne criait en vain « *Stop that now !* », la voix de Tommy répondait comme en écho :

— *Oh ! My God ! No ! No !*

Joke avait enflé de façon démesurée. Mais ce n'était pas le plus inquiétant. La créature flottait dans les airs, à la façon d'une baudruche gonflée à l'hélium. Elle donnait à Tommy l'impression de se diriger vers lui. Puis il comprit. La créature ne flottait pas. Elle remontait le long du rayon laser vers sa source, lumineux funambule en équilibre sur un fil d'énergie.

Tommy se précipita sur le canon d'où jaillissait le faisceau et coupa le flux en appuyant sur l'interrupteur.

Joke resta un bref instant suspendu sous la grande voûte. Puis il s'abattit dans l'eau sombre de la mare avec un claquement de foudre. La surface se couvrit de petites bulles, comme si Joke se vidait de son air. Mais Joke n'était qu'une drôle de créature d'énergie pure. Il n'avait pas de poumons à vider. L'eau de la mare était simplement entrée en ébullition. Joke avait disparu de ce côté-ci du monde. Dans l'eau, l'ectoplasme électrique était incapable de se reconstituer.

Dans la chambre d'hôpital, Lulu écarta soudain les bras, entre lit et plafond, comme frappée en plein cœur. Puis elle tomba sur le matelas aussi molle qu'une poupée de chiffon. On venait de lui arracher la Force à tout jamais.

— Joke, Joke, dit-elle, déjà aveugle et sourde, Joke, sois pas mort.

— Lulu ! Lulu ! hurla Samir.

Il la secoua, la gifla. Ses lèvres étaient blanches, sa peau presque grise. Elle ne réagissait plus.

— Qu'est-ce que vous avez fait ? gémit Samir. Vous l'avez tuée ! Ma petite sœur ! Ma petite... Oh, je n'ai qu'elle, je n'ai qu'elle... et vous l'avez tuée.

— *Sorry*, dit Payne.

Ce soir-là, Orwell reçut un fax en provenance du MIB auquel il ne comprit rien. « *Nous avons détruit la chose. Il n'y en avait pas d'autres dans les carrières. Encore une fois, le MIB a repoussé l'invasion. Malheureusement, nous n'avons pu sauver l'enfant.* »

Orwell fit une boule du fax en murmurant : « Tas de crétins. » Même pas capables de retrouver la piste de Natacha. Mais Orwell reprit très vite son calme en songeant qu'il tenait Albert à sa merci. Le jeune informaticien lui obéirait tant qu'il craindrait pour la vie de Nadia. « Et de ce côté, je suis tranquille », pensa Orwell. Car la vie de Nadia Martin était entre les mains de Mlle Truchaux.

CHAPITRE VIII

FOLLE À LIER

Libre ! Oh ! bien sûr, rien n'était plus triste que cette chambre nue, ornée seulement d'une vue des Alpes en noir et blanc. Rien n'était moins réjouissant que les odeurs d'éther et d'eau de Javel. Mais il n'y avait pas de barreaux aux fenêtres, pas de gardiens derrière les portes.

Nadia était libre. Presque. Il fallait d'abord qu'elle se remette. Quelques jours de repos. Quelques comprimés. Pas mal de comprimés. Le matin, deux bleus, minuscules et amers. Le midi, un gros jaune au goût de citron. Avec le thé en sachet de seize heures, une gélule rouge et vert. Le soir, encore deux petites pilules amères. On lui mettait des gouttes dans son verre d'eau et une drôle de poudre dans son yaourt. Pour son bien.

Nadia avait subi une rude épreuve. Si elle prenait gentiment ses médicaments, ses angoisses allaient s'effacer, sa bonne humeur allait revenir, sa fatigue allait se dissiper. Tout s'arrangerait. D'ailleurs, les infirmières ne disaient jamais : l'hôpital. Elles disaient : le pavillon.

— Avalez ça.

— Le jaune, maintenant.

— Et voilà ! Douze gouttes.

— Toujours un peu de fatigue ? C'est normal, le docteur dit que c'est normal.

Nadia avalait. Nadia se sentait de plus en plus fatiguée. Nadia trouvait ça de moins en moins normal. Quand elle commença à comprendre, elle n'avait plus la force de réagir. Il y a des prisons avec barreaux et des prisons sans barreaux. Dans celle-ci, ce que l'on voulait tenir en cage, ce n'était pas son corps, c'était son esprit.

Une infirmière se pencha vers elle. Pour une fois, elle ne lui tendait pas un comprimé et un verre d'eau.

— Vous allez avoir de la visite, lui dit-elle.

Le cœur de Nadia se mit à battre plus fort. Qui ? Qui allait venir ? Elle lutta contre les brumes qui flottaient devant ses yeux. Elle voulait voir qui allait entrer. Elle avait tant besoin de serrer quelqu'un dans ses bras. Oh, Albert…

Calée contre ses oreillers, elle regardait la porte.

C'était une femme. Nadia ne la connaissait pas.

Elle portait une longue robe verte et une sorte de voile sur les cheveux, comme les religieuses ou les infirmières d'autrefois. Quand elle souriait, elle montrait deux rangées de dents immenses. Elle souriait tout le temps.

Mlle Truchaux travaillait pour la Croix-Rouge. Elle voulait aider Nadia. Pour cela, le mieux était de parler.

— Il faut vider tout ce que vous avez dans la tête. Vous avez vécu des moments très durs. Il faut vous en délivrer. Racontez-moi tout ce qui s'est passé, tout ce dont vous vous souvenez. Je suis juste là pour vous écouter, pour vous aider à sortir toutes ces choses de vous. Après, vous irez beaucoup mieux. D'accord, Nadia ?

Oui, fit Nadia d'un mouvement de tête.

Mais il était si difficile de parler. Ce n'était plus un zézaiement qui se promenait sur sa langue, c'était comme un pavé de dix kilos qui lui pesait dessus.

— Trop de médicaments, dit Nadia.

— Dès que vous irez mieux, le docteur diminuera les doses, répondit Mlle Truchaux.

Mlle Truchaux venait une fois le matin et une fois l'après-midi. Elle posait des questions brèves, d'une voix douce. Ensuite, elle écoutait. Elle laissait Nadia parler.

Nadia avait un mal fou à ordonner ses pensées. Un duel sur un parking entre des cow-boys et une Lara Croft tirant des rayons de dégom-laser. Un enfant qui meurt et ressuscite. Le bunker le mieux défendu du monde pris d'assaut par deux jeunes filles légèrement vêtues. Des herses qui clouent des hommes au sol. Le patron de la toute-puissante MC abattu d'une balle dans la tête. Le bunker qui explose.

À nous deux ? Natacha et moi. Nous avons terrassé la plus grande puissance privée de la planète.

Au secours ! Ça ne tient pas debout !

Pourtant, je m'en souviens. Je sais que je m'en souviens. Si c'est faux, c'est que je suis folle.

Et c'est cela, exactement cela, que Nadia lisait dans les yeux attentifs de Mlle Truchaux, derrière son inaltérable sourire. *Ma pauvre petite, vous êtes folle à lier.*

Malgré tout, Mlle Truchaux semblait satisfaite. À la grande surprise de Nadia, elle déclara :

— Je crois que nous avons fait beaucoup de progrès. Les choses se remettent doucement en place dans votre cervelle. Cela mérite une récompense. Est-ce que vous ne vous ennuyez pas un peu ?

Mlle Truchaux promit une promenade pour bientôt dans le parc de l'institution.

— Et tenez, Nadia, je vous ai apporté un cadeau.

Une nuisette bleue. Toute neuve. Toute fraîche. Nadia remercia.

En attendant la promenade dans le parc, Nadia s'efforçait de bouger un peu dans la chambre. Du lit au mur, du mur à la porte et de la porte à la fenêtre. Depuis deux jours, elle se sentait moins fatiguée. Plus solide sur ses jambes. Mais elle n'en laissait rien paraître. Car il y avait une raison à cela et Nadia tremblait qu'on ne la découvre : elle gardait les comprimés sous sa langue puis les recrachait dès que l'infirmière avait le dos tourné. Or, moins Nadia avalait de comprimés et plus ses forces augmentaient. Malheureusement, ses méninges mettaient beaucoup plus de temps que ses muscles à retrouver leur tonus.

Elle décida de passer à l'action alors qu'elle était dans le cabinet de toilette, tenant à bout de bras la nuisette bleue. Allait-elle l'essayer ? Elle regarda soudain la petite étiquette dans le dos. Miss C. Est-ce que ça existe comme marque, ça ? Miss C. ? La fiancée de Mister C. ? Elle les imagina, tous les deux, assis sur un canapé Mondiorama, face à leur télé Mondiotronic. Deux êtres sans cœur. Deux robots.

Albert, au secours, j'ai un cœur, je t'aime! Des larmes roulèrent sur les joues de Nadia. Elle appuya du bout du pied sur la pédale de la petite poubelle blanche pour y jeter la nuisette. La poubelle était déjà presque pleine. En se baissant, Nadia vit qu'elle était encombrée par les emballages des boîtes de médicaments. Elle ne voulut pas savoir ce que c'était. Elle ne voulut même pas savoir ce qu'elle avalait depuis des jours. Elle ne vit qu'une chose, sur chaque boîte, sur chaque tube : Mondiolabo.

Nadia se mit à déchirer la nuisette en longues bandes de tissu fin.

Mlle Truchaux n'allait pas être contente mais Nadia s'en moquait. Car Mlle Truchaux était de la même marque que la nuisette Miss C., que la télé Mondiotronic, que les médicaments Mondiolabo, que le dentifrice Mondémail ou les draps Mondousatin. Mlle Truchaux était une MC.

Il faisait chaud. Par sa fenêtre, Nadia voyait qu'un soleil magnifique illuminait le parc. Mais il en fallait plus que ça pour que Mlle Truchaux renonce à son voile et à sa longue robe.

— Alors, ce petit tour dans le parc ? demanda-t-elle en montrant son éblouissante denture frottée au Mondémail. On est prête ?

Nadia fit signe que oui.

— Il faudra m'aider un peu, dit-elle en se redressant dans son lit.

— Bien sûr, mon enfant. Prenez mon bras.

Nadia posa la main sur le poignet droit de Mlle Truchaux. Le serrant bien fort, elle se hissa et quitta le lit. À présent, elle était debout, juste derrière sa bienfaitrice. Elle n'avait pas lâché son poignet.

— Nadia ? Qu'est-ce que vous faites ?

Ce qu'elle faisait ? Elle tordait lentement le bras de Mlle Truchaux… elle faisait monter derrière son dos le poignet qu'elle tenait toujours aussi fermement.

— Nadia, cessez, voyons !

Sentant sa main à la hauteur de l'omoplate, Mlle Truchaux ne disait plus rien, paralysée par la stupeur.

— Parfois, c'est l'épaule qui cède, parfois c'est le bras qui casse, dit Nadia. Dites-moi votre préférence. Ze sais faire les deux.

— Vous êtes folle !

— Oui, admit Nadia, folle à lier.

Mlle Truchaux récupéra in extremis son sourire jovial et son ton enjoué.

— Parlons, si vous voulez, proposa-t-elle. Je suis prête à tout pour vous aider, Nadia, vous le savez bien.

— Ze sais qui vous êtes. Vous êtes une MC.

— Une quoi ?

Nadia donna une petite secousse et la représentante de la Croix-Rouge laissa échapper un cri de douleur.

— Ze crois que c'est le bras qui va casser, dit Nadia. L'os n'a pas l'air très solide.

Elle fit s'agenouiller sa victime sur le bord du lit.

— Vous allez faire ce que ze vous dis. Tirez le drap, à droite de l'oreiller.

Mlle Truchaux obtempéra. Sous le drap, il y avait une quinzaine de pilules bleues et de gélules rouge et vert.

— Prenez-les, dit Nadia, et avalez tout.

— C'est ridicule ! Nadia, enfin… aïe !

— Dépêchez-vous !

Nadia força un peu plus sur le bras de Mlle Truchaux.

— Nadia, c'est dangereux, je ne peux pas avaler tous ces médicaments.

— Ze suis folle, mademoiselle Truchaux. Quand z'ai une crise, z'adore casser des bras. Allez ! Vite ! Et veuillez m'excuser, ze les ai un peu sucés.

Mlle Truchaux tenait à son bras droit. Avec sa main gauche, elle attrapa quelques pilules et les engloutit.

— Encore, dit Nadia. Il y a un verre d'eau sur la tablette.

Quand toutes les pilules et toutes les gélules eurent disparu, Nadia tira de la poche de son peignoir les lambeaux de la nuisette.

— Ouvrez la bouche, ordonna-t-elle. Rassurez-vous, cette fois, ze ne vous demande pas d'avaler.

Nadia coucha Mlle Truchaux sur le lit, réduite au silence et les mains liées derrière le dos. Ensuite, elle attendit. Elle savait que personne n'entrait jamais dans la chambre pendant les visites de la dame de la Croix-Rouge. Les drogues mirent plus d'une demi-heure à faire leur effet. Mlle Truchaux endormie, Nadia lui détacha les mains et entreprit de la déshabiller. Puis elle fouilla le petit sac noir de sa visiteuse et y préleva tout l'argent qui s'y trouvait.

Quelques instants plus tard, elle quittait la chambre, vêtue d'un voile et d'une robe trop longue pour elle.

— Au revoir, mademoiselle.

Nadia adressa un petit signe de tête à l'infirmière qui la regardait traverser le couloir depuis le seuil du local réservé au personnel. Plaquant le voile de la main contre sa joue, elle poursuivit son chemin jusqu'à l'escalier. Il n'y avait qu'un étage, elle le savait.

Elle pressa le pas en passant devant le comptoir de l'accueil et fila au hasard à travers le parc. Bientôt, elle franchit une grille et se retrouva sur une route de campagne.

Nadia ignorait où elle se trouvait. De plus, ses jambes n'allaient pas la porter très longtemps. Alors, elle se planta près d'un croisement et leva le pouce.

Deux camions et une douzaine de voitures passèrent sans ralentir. La voiture rouge, elle aussi, sembla devoir poursuivre son chemin. Sans doute le conducteur fut-il pris de remords. Il freina et revint en marche arrière. Nadia cligna les yeux, croyant à une mauvaise blague. La voiture rouge était un cabriolet. La portière s'ouvrit, poussée par un homme d'une trentaine d'années, au long nez et aux yeux rapprochés. Stéfano ! Le bellâtre qui avait dénoncé Nadia comme terroriste.

— Montez, ma sœur.

Il était trop tard pour fuir. Nadia prit place, rabattant le voile sur son visage.

— Où allez-vous ?

Nadia chercha ses mots. Contrefaire sa voix, oui. Mais surtout, surtout ne pas se trahir en zézayant.

— À… à la ville la plus proche.

— Lausanne ?

— Oui, parfait.

Stéfano émit un petit rire.

— Je m'étais pourtant promis de ne plus jamais prendre d'auto-stoppeurs. Et encore moins d'auto-stoppeuses ! Mais on peut faire une exception pour les religieuses. Là, on ne risque rien, hein ?

— Non.

Stéfano roula pendant une minute en silence.

— Vous voulez savoir pourquoi… pourquoi je ne prends plus d'auto-stoppeuses ?

— Oui, fit Nadia d'une voix à peine audible.

Stéfano ne poursuivit pas tout de suite, comme pour laisser s'installer le suspense.

— Vous n'allez jamais me croire, si je vous raconte. Pourtant, je vous jure que c'est la vérité vraie !

— Ne zu… ne churez pas, mon fils.

Nadia se mordit les lèvres mais Stéfano n'avait rien remarqué.

— Pardon, ma sœur. Eh bien voilà. L'autre jour, j'aperçois deux gonze… deux filles sur la route de Gruyères. Il y en avait une, mais alors la super canon avec des nich…, enfin, très jolie, quoi.

— Et l'autre ? questionna Nadia, intéressée.

— Bof, pas vilaine. Mais dans le genre coincé. Je veux dire : sérieuse.

Nadia commençait à sentir l'indignation monter en elle.

— Vous n'aimez pas les filles sérieuses, mon fils ?

— Non… enfin, si ! s'embrouilla Stéfano. Mais attendez que je vous raconte la suite. J'ai vu immédiatement que ces deux filles étaient bizarres…

Nadia écouta le récit de Stéfano, pensant avec soulagement : « Je ne délirais pas, mes souvenirs sont exacts. »

— Voilà, conclut Stéfano, je suis tombé sur deux terroristes et j'en fais des cauchemars toutes les nuits. J'ai pris vingt ans d'un coup. Pourquoi ça m'est arrivé à moi, hein, pourquoi ? Votre bon Dieu a la réponse à ça, ma sœur ?

Nadia tenait sa vengeance :

— C'est pour que vous donniez un autre sens à votre vie, mon fils. Le sexe sans l'amour, c'est comme un cabriolet qui ne serait pas décapoté.

Stéfano haussa les sourcils de surprise mais ne trouva rien à répliquer. Puis, sans doute déjà sur le chemin du repentir, il alla jusqu'à faire un détour pour déposer Nadia devant la gare.

CHAPITRE IX

AMOUR TOUJOURS

Mme de Molenne avait réagi comme Emmé l'aurait fait en pareilles circonstances. Elle avait mis de l'eau à chauffer pour le thé. Samir était assis sur la chaise de la cuisine. À intervalles réguliers, il se frottait la figure à deux mains puis se tirait les cheveux sans y puiser de réconfort particulier. Il avait déjà raconté deux fois son histoire à Jean-Hugues et à sa mère.

— C'étaient deux flingués, ces types du MIB, dit-il. Ils m'ont embrouillé la tête et je les ai aidés à tuer ma sœur.

Il renifla puis se frotta vigoureusement le visage.

— Elle est dans le coma ? se fit préciser Jean-Hugues.

— Ouais. Elle peut même plus respirer toute seule.

Malgré tous ses efforts, Samir se remit à pleurer. Il lui semblait entendre encore le rire de Lulu quand ils jouaient avec son koala en peluche.

— Je crois qu'ils vont la débrancher, ajouta-t-il. Le docteur avec des lunettes noires, il veut trop s'en débarrasser. Et y a personne pour la défendre.

Il se désigna comme si lui-même comptait pour rien et répéta :

— Personne.

— C'est scandaleux ! s'indigna Mme de Molenne. Mais moi, j'irai, Samir…

Elle se tut. Natacha venait d'apparaître dans l'encadrement de la porte. Samir poussa un cri d'effroi. Il ne l'avait pas revue depuis la nuit dans le bunker.

— Elle… elle est là, balbutia-t-il. Ça marche encore, son machin ?

Le dégom-laser était au repos dans le dos de Natacha.

— Elle est gentille, dit Jean-Hugues.

Puis il se tourna vers Natacha :

— C'est Samir. Samir est un allié.

— Samir a de l'eau sur le visage, remarqua Natacha.

Le garçon passa le revers de la main sur ses joues.

— Ce sont des larmes, expliqua Jean-Hugues. Samir pleure.

— Jean-Hugues pleure aussi, se souvint Natacha.

Le jeune homme rougit un peu.

— Oui, ça m'arrive. Quand je suis triste.

— Samir est triste, déduisit Natacha.

Jean-Hugues lui jeta un regard admiratif.

— Tu as vu, maman, comment elle raisonne vite, maintenant ?

— Oui, mon chéri, approuva Mme de Molenne, qui ne put s'empêcher de penser qu'un enfant de trois ans en faisait autant.

— Pourquoi Samir est triste ? demanda Natacha comme l'aurait fait l'enfant de trois ans en question.

— Joke est mort, expliqua Samir. Il était connecté avec ma sœur. Et maintenant Lulu n'a plus la Force. Elle va mourir.

— Lulu, nombre de vies restantes : zéro, commenta Natacha de sa voix de robot.

— Elle suit super bien la conversation, souligna Jean-Hugues.

Sa mère lui jeta un regard exaspéré. Mais Samir commençait à considérer autrement Natacha.

— Dites, heu, madame…

— Natacha, lui souffla Jean-Hugues.

— Natacha, s'enhardit Samir, est-ce que tu… est-ce que Joke pourrait ressortir de l'ordinateur ?

— Alias est le maître, lui répondit Natacha. Alias décide.

— Mais on ne peut pas le prévenir, remarqua Jean-Hugues.

À peine eut-il prononcé cette phrase qu'il comprit son erreur. Si, on pouvait prévenir Alias. Mais Jean-Hugues n'avait pas du tout l'intention de dire comment.

— Je vais transférer les données, fit soudain Natacha.

Jean-Hugues en eut le souffle coupé. La puissance de raisonnement de Natacha était bien plus grande que ce qu'il avait supposé.

— Alliée Maman, dit Natacha, donne-moi de l'eau.

— Ne l'écoute pas, s'affola Jean-Hugues.

— Mais c'est formidable, comme idée ! s'écria Mme de Molenne. Natacha va retourner dans l'ordinateur et demander à Alias de laisser ressortir Joke.

Jean-Hugues tapa du poing sur la table, faisant tressauter tasses et petites cuillères.

— Il n'en est pas question. Natacha n'a plus que deux vies.

Samir se redressa brusquement. Il hurla :

— Et Lulu, elle en a zéro !

Mme de Molenne prit le contrôle de la situation. Elle félicita Natacha qui sacrifiait une de ses vies pour sauver celle de Lulu. Puis elle se tourna vers Jean-Hugues qui secouait farouchement la tête.

— Non, non, je ne veux pas. Natacha va se retrouver à la MC. Je ne veux pas.

Mme de Molenne jeta un regard peiné à son fils. Un robot comptait plus pour lui qu'une petite fille.

Samir profita du débat entre adultes pour attraper la petite casserole d'eau sur la cuisinière. Il la posa tout doucement sur la table. Natacha le suivait du regard. Samir joignit les mains dans un geste d'imploration. Avant que Jean-Hugues ait le temps d'intervenir, Natacha avait touché l'eau. Elle poussa un cri de surprise puis analysa de sa voix métallique :

— Armure d'invincibilité opérationnelle à 80 %.

Jean-Hugues lui avait gagné dans le jeu une armure d'invincibilité. Jusqu'à présent, elle n'avait pas fonctionné.

Mais Natacha gémissait bizarrement. Elle tendit vers Jean-Hugues la main qu'elle avait plongée dans l'eau. La peau en était rougie.

— Alt F4, dit-elle, le regard paniqué. Alt F4.

Jean-Hugues lui prit la main. Natacha s'était brûlée et était en train de découvrir la douleur.

— Tu as mal ?

— Supprimer mal, répondit Natacha.

— Passe-lui la main sous l'eau froide, conseilla Mme de Molenne en ouvrant grand le robinet.

Jean-Hugues laissa faire.

— Armure d'invincibilité opérationnelle à 70 %, analysa Natacha.

Jean-Hugues coupa brusquement l'eau. Natacha semblait de moins en moins protégée.

— Il faut beaucoup d'eau pour tuer Natacha, dit-elle.

— On n'a qu'à remplir la baignoire ? proposa timidement Samir.

Jean-Hugues se mit à bégayer :

— Je t'interdis, je t'interdis de… Je… J'aime Natacha et personne n'a le droit de… de…

Il se tut. Il avait honte. Il chercha un secours du côté de Natacha. Elle fit écho à sa déclaration :

— Natacha aime Jean-Hugues.

Il sourit, soulagé. Elle l'aimait, donc elle resterait avec lui.

— Mais Natacha va sauver petite d'homme, ajouta-t-elle.

Il y eut dans la cuisine un silence solennel. Le robot venait de donner à Jean-Hugues une leçon d'humanité.

— Natacha est triste, murmura-t-elle.

— Elle est merveilleuse ! s'écria Mme de Molenne, enfin conquise.

Jean-Hugues comprit qu'il devait se montrer à la hauteur de son amour.

— Viens, dit-il à Natacha.

Il lui tendit la main et tous deux se rendirent dans la salle de bains.

Ils regardèrent couler l'eau. Dans quelques instants, ils le savaient, ils seraient séparés. Jean-Hugues s'appuya à la porte verrouillée et, la tête légèrement renversée, les yeux dans le vague, il laissa parler son cœur :

— Natacha, avant que tu… que tu partes, je veux te demander pardon. Quand je t'ai créée, j'étais un mec un peu con. Je voulais juste une blonde avec des gros seins.

Il eut un rire que les sanglots étouffèrent.

— Je ne savais pas que j'allais t'aimer. Tu es… tu es ma première fois.

Il la regarda. Comment aurait-elle pu le comprendre ? Lui-même savait à peine ce qui se passait en lui.

L'eau montait. Machinalement, il y plongea la main pour en vérifier la température. Ni trop chaude ni trop froide. Qu'au moins elle ne souffre pas. Il lui semblait faire les préparatifs d'un sacrifice à quelque dieu barbare nommé Alias.

— Voilà, dit-il en fermant le robinet.

Natacha posa un doigt sur les lèvres de Jean-Hugues. C'était sa manière de demander. Il la serra contre lui, l'embrassa puis la repoussa.

— Sauve Lulu.

Il sentait venir l'évanouissement comme un voile descendant sur ses yeux. Elle porta les mains à son cœur :

— Mal, dit-elle.

Ils s'aimaient, lui le joueur et elle la guerrière.

Alors, elle entra dans l'eau jusqu'aux genoux. Un grand frisson la saisit. Elle se prit elle-même dans ses bras.

— Armure d'invincibilité opérationnelle à 30 %...

Lentement, elle s'accroupit.

— 20 %, 15 %...

Elle jeta un regard à Jean-Hugues. On y lisait la peur et le refus. Elle cria :

— Non !

Une explosion. Puis plus rien.

Jean-Hugues se laissa glisser le long de la porte jusqu'au sol carrelé.

— Natacha, murmura-t-il une dernière fois.

CHAPITRE X

UN BMW, ÇA VA…

Après deux jours et deux nuits passés en cellule, Albert était content de se retrouver dans le bureau de BMW aux Quatre-Cents. Les mains dans les poches, il promenait un regard goguenard autour de lui. Sur le tableau d'honneur des caissières figurait la photo de l'une d'elles, Soraya, élue fin 2001 reine du passage à l'euro.

Inscrites en grandes lettres sur des banderoles de papier, des maximes résumaient la philosophie de la maison : « Vendre c'est vivre » et « Un bon chariot est un chariot plein ».

— Celle-là est gratinée, dit Albert en tapant du doigt sur « Un rayon sans promotions, c'est comme un soleil sans rayons ».

— Je ne vous ai pas fait venir ici pour que vous ironisiez sur le management de mes magasins, fit dans son dos la voix glaciale d'Orwell.

Albert était parvenu à ses fins. Il avait réussi à convaincre Orwell de déplacer l'ordinateur bleu. La machine trônait à présent sur le bureau de Martin-Weber.

Créer un golem était une chose, avait-il expliqué à Orwell, le récupérer en était une autre. Si la créature s'éloignait de l'ordinateur et se mettait à vagabonder, elle risquait d'échapper à tout contrôle. Puisque l'expérience consistait à observer le comportement d'un BMW bis, il fallait la mener là où le gérant évoluait habituellement : au Mondiorama.

Orwell se méfiait d'Albert et de tout ce qu'il disait. Il avait donc pris ses précautions. Trois types armés rôdaient dans le Mondiorama. Bernard Martin-Weber pouvait voyager en paix. Son magasin était bien gardé.

À cet instant précis, BMW, le vrai, songeait avec délice : « Quand même, ma vie a changé. Depuis que je suis membre du conseil d'administration, c'est autre chose ! »

Il roulait en plein cœur de Paris dans une limousine noire, conduit par un chauffeur à casquette. Dans sa poche, il y avait un billet de train. Première classe, naturellement.

Sa destination : Tripotard-sur-Meurdre. Sa mission : voir s'il était envisageable de racheter (pour une bouchée de pain) les anciens bâtiments industriels Toulinex afin d'y créer un MC Center. Un complexe comprenant un Mondiorama, un Mondiociné et un MC Quick.

Malgré tout, un détail le turlupinait.

— Vous en conduisez souvent, des membres du conseil d'administration ? demanda-t-il au chauffeur.

— Oui, monsieur.

— Et est-ce qu'ils se rendent parfois dans des endroits comme Tripotard-sur-Meurdre ?

— Jamais, monsieur.

« C'est bien ce qu'il me semblait, se dit Martin-Weber. La tâche qu'on m'a confiée n'est pas vraiment digne d'un membre du CA. C'est que je débute… »

— Puis-je vous déposer là, monsieur ?

La limousine s'était arrêtée devant les verrières de la gare du Nord. BMW faillit demander au chauffeur s'il n'avait pas l'habitude d'accompagner les membres du CA jusqu'au quai, en portant leur mallette.

— Oui, c'est bien, marmonna-t-il.

En descendant, Martin-Weber prit soudain conscience que personne ne lui avait parlé du retour. L'attendrait-on à la gare ? Rien n'était moins sûr.

« Finalement, pesta-t-il intérieurement, ma vie n'a pas tellement changé. »

Dans la gare, son œil fut attiré par les panneaux lumineux : TRAFIC PERTURBÉ. Simultanément, une voix métallique apportait à ses oreilles la même information : « *En raison de mouvements sociaux, le trafic subira d'importantes perturbations...* » Incrédule, BMW marcha jusqu'au quai numéro 8.

Deux larges banderoles l'attendaient. L'une disait : « Les 32 heures tout de suite. » Et l'autre : « Les cheminots avec les Toulinex. » Martin-Weber cracha un juron. C'était foutu pour Tripotard-sur-Meurdre. Et, naturellement, le chauffeur s'était empressé de le planter là.

Avec un peu de chance, le RER serait en grève, lui aussi.

Le BMW qui trépignait sur le quai numéro 8 se croyait seul et unique en son genre. Pourtant, à quelques kilomètres de là, une créature qui lui ressemblait trait pour trait souriait sur l'écran de l'ordinateur bleu.

Albert sentit que quelque chose le liait à Orwell : la même curiosité, la même envie de réussir. Il lui déplaisait d'avoir quoi que ce soit en commun avec le maître de la MC. Mais il ne pouvait résister à l'excitation du moment. Pour la première fois, lui, il allait faire sortir une créature de la boîte magique. Et ce n'était que justice. De quel droit un tel privilège aurait-il été réservé au petit prof ?

Lorsqu'un fin quadrillage enveloppa la silhouette du golem Martin-Weber et qu'un rayon jaillit soudain de l'écran, Albert éprouva la fierté du créateur. Golem était son jeu et l'ordinateur lui appartenait. Près de lui, Orwell brandissait un ridicule petit pistolet transparent. Un jouet d'enfant, qu'il avait empli d'eau.

— Ça marche, chuchota Orwell, ça marche !

Le pistolet à eau tremblait au bout de son bras. L'ordinateur travaillait dans un bruit de soufflerie. Progressivement, le quadrillage s'estompa et la silhouette prit de la densité. Bientôt, l'hologramme flottant au-dessus du sol se mua en une incarnation convaincante du gérant, aux pieds bien plantés sur la moquette. Seul un détail clochait. Sur le front dégarni, quatre lettres se détachaient : EMET.

— Les gens ne vont voir que ça, dit Orwell. Donnez-lui la casquette.

Albert jeta la casquette Mondiorama au golem, qui l'attrapa avec habileté.

— Mets la casquette, ordonna Albert sur le ton dont il aurait dit « couché » à son chien.

— Trop cool, dit BMW bis en vissant la casquette sur sa tête.

— Non ! s'écria Orwell. Pas comme ça.

Le golem avait mis la casquette à l'envers, visière sur la nuque, façon djeun.

— Cool, *man*, le calma BMW.

Il sourit niaisement, montrant un croissant de dents semé d'étincelles, et posa la main sur la poignée de la porte comme s'il souhaitait s'en aller. Orwell ne s'affola pas, la porte était fermée à clef. Mais BMW passa au travers, s'éparpillant en milliards de pixels.

— On s'éclate, les keums, dit-il, une fois de l'autre côté.

Orwell lança à Albert un regard paniqué :

— C'était prévu, ça ? Pourquoi a-t-il le pouvoir de traverser les cloisons ?

Albert eut un rire insouciant.

— Vous ne trouvez pas ça épatant ?

— Crétin, fit Orwell entre ses dents.

Le magasin était calme en ce mercredi matin. Quelques gosses en liberté lorgnaient dans les rayons les sachets de Morvenbar (une nouveauté qui démarrait mollement) et s'encourageaient mutuellement à les voler.

— P'tain, le proprio ! s'exclama l'un d'eux.

BMW avait surgi brusquement, tout sourire et le front estampillé.

— Hé ! les keums, fit-il d'une voix qui hésitait entre Robocop et caillera. Il est pas cool, le rangé avec sa sketka ?

Les gosses restaient médusés.

— Il est pas cool, le rangé du Maradiomon ? insista le golem.

Puis tentateur :

— Vous voulez de la pâte à prout ?

Les mômes reculèrent comme s'ils avaient vu apparaître le diable.

— C'est interdit, ça, m'sieur.

— C'est de la merde, la p à p.

Un peu plus loin, au rayon des produits ménagers, une grosse dame enveloppée dans un châle comparait les étiquettes, un convertisseur d'euros à la main. Le vrai BMW aurait reconnu la redoutable Mme Balthazar, qui avait été honteusement éliminée du concours « un week-end de rêve à Mondioland ». Son golem se contenta de lui glisser :

— Vous voulez de la pâte à prout ?

Mme Balthazar lui jeta un regard indigné, murmurant :

— Décidément, ce type est dérangé.

Ce qui provoqua l'inévitable :

— Il est pas cool, le rangé ?

Malgré la chaleur, la cliente serra le châle sous son menton.

— Un pervers, chuchota-t-elle en s'éloignant. Un vieux pervers.

— Djeun ! riposta le golem.

Au rayon des produits frais, une jeune femme vantait au micro les charmes des artichauts de Bretagne.

— Pleins feux sur notre produit du jour, disait-elle. L'artichaut est-il meilleur froid que chaud ? En tout cas, il est en promotion pour encore une demi-heure. Ah, j'aperçois notre gérant qui a sûrement une nouvelle promo…

La jeune femme resta bouche ouverte. Elle venait de voir les quatre lettres frappant le front du golem. Passant le revers de la main sur son propre front, elle lui fit signe de s'essuyer. Mais BMW s'approcha d'elle et proposa dans le micro :

— Vous voulez de la pâte à prout ?

Albert et Orwell suivaient les déplacements du golem sur les écrans de contrôle qui permettaient à BMW de surveiller les clients.

— Il a besoin de quelques petits réglages, nota Albert, sans cacher son amusement. Il a encore quatre vies pour se perfectionner.

Orwell ne semblait pas prendre plaisir au spectacle.

— Il faut le récupérer. Comment comptez-vous faire ?

Albert haussa une épaule.

— Vous ne savez pas ? s'irrita Orwell. Alors, vous faites n'importe quoi ! Dites-le, c'est n'importe quoi !

— La golémisation des gérants n'est pas une science exacte.

Le ton détaché d'Albert mettait Orwell hors de lui.

— Je veux des golems à ma botte, martela-t-il, des golems qui m'obéissent, je veux un monde peuplé de golems dont je serai le maître, des golems qui tueront sur un simple signe…

Albert le regarda avec intérêt. Telle était donc l'ambition d'Orwell, devenir le commandant en chef d'une armée de zombies.

— Je veux des golems qui remplaceront tous ces incapables dont je suis entouré !

— Vous avez raison, l'approuva Albert. Moi aussi, je préfère la version golem de BMW. Nettement plus drôle.

— Débrouillez-vous pour le récupérer, ordonna Orwell. La plaisanterie a assez duré. Et la prochaine fois, je veux une réplique parfaite. Raciste, pingre et chiant. Comme notre ami Martin-Weber.

La porte du bureau s'entrouvrit.

— On parle de moi ? dit une voix.

Les deux hommes se retournèrent. Martin-Weber leur souriait d'un air embarrassé, sa mallette à la main.

— Vous n'êtes pas à Tripotard ? s'étonna Orwell.

— Grève des cheminots, répondit BMW. Je t'enverrais la troupe, moi, pour remettre tout ça au travail !

— Le vrai est amusant aussi, remarqua Albert.

À ce moment, du petit haut-parleur situé sur la console surgit une voix que Martin-Weber ne pouvait manquer de trouver familière.

— Vous ne voulez pas de la pâte à, de la pâte à prout, prout, djeun et cool.

Le golem s'emmêlait les circuits. Orwell fit un geste pour empêcher le gérant d'approcher. Mais trop tard. BMW avait aperçu sa propre image sur l'écran de contrôle.

— Qu'est-ce que c'est ? bredouilla-t-il. D'où il sort, ce… ce…

— Ce n'est rien, fit Orwell, le ton cassant. Une petite expérience. Un sosie. Voilà. Un sosie.

— Il vient par ici ! s'exclama Martin-Weber. Je ne veux pas le voir… je ne peux pas…

Le golem se dirigeait vers le bureau du gérant, peut-être rappelé par Alias. Un sourire cruel naquit sur les lèvres d'Orwell.

— J'ai inventé un nouveau jeu, dit-il. Je vous préviens, il n'y a qu'un gagnant.

Le golem entra dans le bureau comme il en était sorti, sans se donner la peine d'ouvrir la porte. Martin-Weber le regarda se reconstituer d'un œil effaré.

— Mais comment il fait ? Mais c'est impossible…

— Un seul gagnant, rappela Orwell.

Il se tenait au centre de la pièce comme un arbitre au milieu du ring. À sa droite, Bernard Martin-Weber, livide. À sa gauche, le golem, hideusement marqué au front. Il n'en fallut pas plus pour que le mauvais fond d'Albert refît surface.

— Cent euros sur le golem, paria-t-il.

Orwell lui jeta le regard méprisant de l'homme qui ne saurait parier qu'à coups de millions de dollars. De sa poche droite, il sortit le petit pistolet à eau et le tendit à BMW.

— Et pour que la lutte soit à armes égales...

De son autre poche, il sortit un revolver argenté qu'il lança au golem.

— Vous êtes fou ! protesta Albert.

BMW contempla, incrédule, le jouet qu'il avait en main.

— Battez-vous, Bernard, l'encouragea Orwell. À la MC, il n'y a place que pour les vainqueurs !

Le golem, l'air ravi, brandit son arme en direction de BMW :

— Trop cool. *Ratatata !*

Cette première rafale était une simple onomatopée. La suivante ne serait peut-être pas aussi inoffensive.

— Pitié, murmura Martin-Weber en s'abritant derrière son fauteuil directorial.

— Tirez, mais tirez ! lui cria Albert. L'eau le fait disjoncter.

Martin-Weber pressa la petite crosse de plastique transparent. La misérable giclée d'eau fit ricaner Orwell.

— Pas sur la moquette, dit-il. Vous êtes trop loin. De l'audace, mon vieux !

Mais le gérant n'eut pas l'occasion de se montrer audacieux. Le golem était plus vif que lui. En deux bonds, il contourna le fauteuil.

— Arrêtez ! hurla Albert. Arrêtez ça, Orwell !

Le golem pressa la détente. *Clic.* Recommença, dépité. *Clic, clic.* Dans une folle envie d'en finir, Martin-Weber se rua sur son double. Avant de l'étreindre, il eut le réflexe d'appuyer sur la crosse de son pistolet. Il ne restait plus que quelques gouttes d'eau mais ce fut suffisant. Le golem explosa et la déflagration envoya BMW s'écraser contre le tableau d'honneur des caissières.

— Il est électrique, murmura-t-il avant de s'effondrer.

Orwell ramassa son revolver et adressa un sourire narquois à Albert. Puis, sortant une à une les balles de sa poche, il rechargea son arme.

Quelques instants plus tard, deux gardes appelés sur leur portable entrèrent dans le bureau.

— Dégagez ça, leur ordonna Orwell en donnant un coup de pied dans le corps inerte du gérant. À l'hôpital des Quatre-Cents.

Il y avait là-bas un docteur à lunettes noires qui saurait s'en occuper. Les deux hommes soulevèrent BMW, toujours sans connaissance, et quittèrent le bureau, l'un soutenant la tête, l'autre portant les pieds. Albert suivit le cortège d'un sombre regard.

Un crépitement de machine à écrire le fit se retourner vers l'ordinateur. Alias faisait le constat réglementaire :

```
                 GOLEM BMW
Taille ............................ à l'échelle
Motricité ......................... bonne
Vision ............................ bonne
Audition .......................... bonne
Sensation ......................... médiocre
Matérialisation ................... médiocre
Armement .......................... néant
Armure d'invincibilité ..... néant
Nombre de vies restantes ... 4
```

CHAPITRE XI

GAME OVER

Immobile sur l'écran, le nouveau golem Martin-Weber attendait qu'on lui donne vie. Albert et Orwell étaient penchés sur lui comme deux méchantes fées sur un berceau.

— Je ne veux pas vous décourager, Orwell, mais on ne pourra jamais égaler la bêtise de l'original.

— Rassurez-vous, mon projet n'est pas...

Orwell laissa sa phrase en suspens puis reprit d'un ton âpre :

— À quoi ça sert de posséder la moitié de la planète si un robot peut vous frapper en plein cœur, hein ? Ce qui s'est passé à Gruyères ne doit plus se reproduire. Plus jamais.

Orwell plaça sous le nez d'Albert un dessin qui semblait sorti d'une bande dessinée. On y voyait un personnage tout en muscles, au front bas et au menton carré. Il portait un pagne en peau de bête, que complétaient une cartouchière et une Kalachnikov. C'était quelque chose entre Tarzan et Rambo.

— Je veux deux mille Mondialitor. Deux mille brutes qui n'aient qu'un seul maître : moi.

— Vous savez quoi ? Je me demande si les jeux vidéo n'ont pas une mauvaise influence sur vous.

Orwell eut un geste agacé.

— Assez bavardé. Sortez-moi notre nouveau BMW. Qu'est-ce que vous avez ?

Albert avait tressailli. Vite, il s'empara de la souris et fit disparaître de l'écran le tableau qui venait de s'afficher : `GOLEM NATACHA`. Sur la dernière ligne, après `Nombre de vies restantes`, avait-il bien vu le chiffre 1 ? Une seule vie restante pour Natacha ?

— Albert ? s'impatienta Orwell.

— Je suis prêt, répondit Albert.

Sur l'écran, le golem BMW attendait toujours. « Que s'est-il passé ? songea Albert. Cet imbécile de Jean-Hugues n'est donc pas capable de veiller trois jours de suite sur l'amour de sa vie ? »

Albert s'efforça de maîtriser le tremblement de ses mains. Il se sentait troublé à l'idée que cette fille si belle, si dangereuse se trouvait à présent *là-dedans*. Pour une raison inconnue, Natacha avait réintégré son petit cercueil électronique.

Ce n'était pas le moment de se mélanger les pinceaux. Albert avait une manipulation à accomplir. Il réservait une surprise à Orwell. Le golem BMW n'était qu'un leurre. Une image inerte qu'Albert avait placée en guise de premier plan. Le véritable fruit de son travail se situait juste au-dessous. Dans quelques secondes, le masque allait tomber.

Tandis qu'il achevait d'entrer le nom de Caliméro, Albert faillit succomber à une bouffée de panique. *Et si Alias n'en faisait qu'à sa tête ? Et s'il ignorait les instructions ? S'il libérait Natacha ?*

L'ordinateur émit son ronflement caractéristique, annonçant qu'il se mettait à l'ouvrage. Presque aussitôt, le faisceau jaillit, poussant dans un bouillonnement lumineux une impalpable silhouette. Désormais, le processus était d'une rapidité à couper le souffle. Orwell n'eut pas le temps de crier sa stupeur que déjà la créature se tenait devant lui, aussi évidente que la chair et l'os, aussi parfaite qu'un reflet dans le miroir.

— Qu'est-ce que c'est que ça ?

— Mais… c'est vous, Orwell.

Alias avait scanné le maître de la MC quand il était passé sous le portique, le jour du conseil d'administration.

— Faites-moi disparaître ça ! paniqua Orwell.

Un mélange de fureur et de répulsion lui déformait les traits tandis que son golem demeurait impassible au milieu de la pièce. Albert en avait fait le plus servile des domestiques, n'ayant que deux phrases pour tout bagage : « Tout va bien » et « Les choses vont changer ». Un instant, Orwell hésita, ne sachant plus s'il devait régler son compte à Albert ou au golem. Albert s'élança sur lui et referma le bras autour de son cou.

— À moi, au sec…

Le cri s'étrangla dans la gorge d'Orwell.

— Taisez-vous ou je serre…

— Vous n'irez pas loin, haleta Orwell.

— Mais si… Vous n'avez pas compris ? Votre golem est programmé pour obéir. Nous allons sortir ensemble, lui et moi. Vos hommes ne s'y opposeront pas. Ensuite, j'ai des projets pour lui. Peut-être va-t-il me nommer à la tête de la MC ?

Albert poussa un hurlement de douleur. Orwell venait de lui frapper le tibia d'un coup de talon, de toutes ses forces. Profitant du bref relâchement de l'étreinte, le maître de la MC se dégagea. Au bout de ses doigts brillait le canon argenté de son arme. Il jeta un regard mauvais en direction de son jumeau.

— Tout va bien, lui dit aimablement celui-ci.

— Je n'ai plus besoin de vous, Albert, pour faire et défaire des golems, dit Orwell. Vos opérations sur le clavier de l'ordinateur ont été enregistrées. Je les ferai analyser. Savez-vous ce qui me gâche mon plaisir ?

Albert fit signe que non, d'un lent mouvement de la tête.

— C'est que personne ne vous regrettera.

Le revolver se mit à monter doucement, du plexus vers le cœur, du cœur vers le front. Orwell cherchait où loger sa balle. Albert fit une dernière tentative pour sauver sa peau :

— Alias ne collabore pas avec le premier venu. Vous avez encore besoin de moi, Orwell.

— Jamais je ne pourrai vous faire confiance. Adieu, Albert.

« Ça y est, c'est fini », se dit Albert. Il ferma les yeux. Puis les rouvrit aussitôt. Une onde lumineuse venait de frôler ses paupières closes. Était-ce donc cela, la mort ?

Mais non, c'était le faisceau. Un bref instant, Albert crut que l'ordinateur avait décidé de ramener le golem au bercail. Erreur. Celui qui se débattait, l'air épouvanté, dans la grande tranche de lumière, était le véritable Orwell. La fine résille électronique l'enveloppait. On l'aurait dit pris dans un filet. Comme dans l'arène, au temps des Romains, quand le rétiaire capturait son adversaire.

Orwell ouvrait la bouche, il devait hurler. Mais aucun son n'en sortait. Albert restait sur ses gardes. Alias allait forcément se rendre compte qu'il s'était trompé. Il allait libérer Orwell et jeter ses filets sur l'autre, la copie.

Il n'en fut rien. La silhouette d'Orwell rapetissa de façon fulgurante, tandis qu'un flux d'électrons l'emportait. Le maître de la MC traversa la vitre du moniteur aussi aisément que s'il avait fait un plongeon dans l'eau.

À présent, Albert savait qu'Alias ne s'était pas trompé. Alias ne commettait jamais d'erreur. Il avait pris celui qu'il désirait attraper. Puis Albert comprit autre chose.

— Merci ! lança-t-il à l'ordinateur.

Alias lui avait sauvé la vie.

Albert se pencha vers l'écran. Il reconnut les sombres paysages urbains de Golem City. Les enseignes y vantaient alcools et tabacs. Les immeubles les plus hauts, les plus beaux étaient ceux de la Mafia. C'était le décor qu'Albert avait créé.

Mais là, sur le trottoir, il y avait cette chose incroyable, un humain virtualisé. Incrédule, Albert toqua à l'écran. En vain. Réduit à quelques centimètres pixellisés, Orwell appartenait à l'autre univers. Il se retourna brusquement à l'approche de trois hommes. Sous la maigre lumière du réverbère, seules brillaient la lame des couteaux et quelques dents en or. Ils souriaient, sûrs de leur fait.

Orwell tenait toujours à la main le petit revolver à canon argenté. Il tendit le bras et tira trois fois. *Djin cling*, bonus : trois paquets de dollars à empocher. Albert se laissa tomber sur la chaise en face de l'écran. Les trois malfrats gisaient sur le bitume luisant de Golem City. Orwell s'était inséré dans le scénario du jeu vidéo. Et il gagnait. Une moto bleu et or s'arrêta à sa hauteur, conduite par le petit guerrier casqué.

— On y va, boss ? dit la voix de synthèse.

La moto s'arracha dans un bruit de tonnerre. Albert connaissait le tableau suivant. Le joueur se retrouvait devant Golem's Victory, le plus haut building de Golem City, là où attendait le golem. Orwell y pénétra. Dans le hall, un panneau lumineux dont les chiffres se modifiaient sans cesse indiquait aux visiteurs :

GOLEM CITY

```
Pop : 12 678 887
Aujourd'hui :
Temps : couvert
Indice de pollution : 8
Meurtres : 594
Attentats : 9
```

— Quel étage, monsieur ? demanda le liftier.

— Sixième, répondit Orwell.

Une petite sonnette tinta et le liftier annonça :

— Sixième étage. Murder Corporation.

La porte grillagée de l'ascenseur s'ouvrit. Avec l'instinct du joueur, Albert resserra la main sur la souris. Des tueurs de la Murder Corporation allaient surgir. Orwell en buta trois et empocha un nouveau bonus. Pour échapper à la Murder Corporation, il fallait gagner un escalier de secours. Orwell le savait et c'est ainsi qu'il accéda au septième étage. L'étage du golem.

Orwell parcourut les corridors jusqu'à la chambre 777, une lugubre chambre d'hôtel au lit défait. Les enseignes de la rue y projetaient une lumière brutale tantôt rouge tantôt verte. Au pied du lit, sur une carpette élimée, il y avait une tache blanche. Orwell s'en approcha et sortit un papier de sa poche. Albert crut y entrevoir le dessin de

Mondialitor. Orwell espérait-il créer un golem ? C'était impossible sans l'aide du joueur, sans les quatre lettres du mot EMET tapées sur le clavier.

Orwell donna un petit coup de pied dans la tache blanche. Celle-ci s'étala sur la carpette puis se recontracta en une boule de pixels clignotants. La vie était là, en sommeil, attendant un nouveau rabbin Loeb. Orwell s'agenouilla et se mit à pétrir la boule. Il dégagea la forme de la tête puis étira deux bras, deux jambes. Il bâclait, il semblait pressé. À l'emplacement du front, il enfonça le doigt. Albert devinait à ses gestes ce qu'il faisait. Orwell était en train de tracer les lettres EMET, il était en train de donner vie au golem.

La porte de la chambre 777 qu'Orwell avait repoussée s'ouvrit alors lentement. Un instant, Albert eut la crainte un peu folle de voir entrer Alias. Orwell, aux aguets, dut entendre le grincement des gonds. Il fit face, l'arme au poing.

C'était Natacha. Sublime guerrière dans la lumière rouge sang. Effrayante semeuse de mort dans la lumière verdâtre. *Pwijj, pwijj.* Orwell tomba, frappé à la tête et au cœur par le dégom-laser.

— Non, souffla Albert, incrédule.

Le maître de la MC était-il mort pour de vrai ? Meurt-on de l'autre côté ? Albert eut à peine le temps de se poser ces questions. Le décor de la chambre disparut et laissa place à un tableau où s'inscrivaient noir sur blanc les

```
SCORES

ORWELL    : 0
CALIMÉRO : MC Oil
           MC Supermarkets
           MC Research
           MC Quick…
```

Sous les yeux ahuris d'Albert, toutes les entreprises de la Mondial Company défilèrent, alignant leurs milliards d'euros. Alias offrait à son allié Caliméro toutes les richesses de la MC, y compris les comptes bancaires numérotés d'Orwell.

Puis le tableau s'effaça et le jeu revint à la petite chambre d'hôtel.

— Bonjour, toi, lui dit Natacha, la pose sexy, main sur la hanche.

Elle était seule dans la pièce. La souris à la main, Albert parcourut l'écran à la recherche d'Orwell. Il cliqua sur l'armoire comme l'y invitait une petite main. Mais elle ne contenait que quelques cintres. Il inspecta ensuite une commode. Rien. Orwell s'était volatilisé. La mort virtuelle est pire que la mort même. Orwell semblait n'avoir jamais existé. Ou bien était-il passé dans quelque autre décor ? Comme la flèche du curseur, une nouvelle fois, se transformait en une petite main, Albert cliqua étourdiment. Puis il fit un bond sur son siège.

— Merde !

Il avait ouvert la grosse porte en bois derrière laquelle la horde des Malfaisants attendait son heure.

— Mais putain, je le savais !

Furieux contre lui-même, Albert voulut se battre contre ces monstres qu'il avait créés, cyclopes, sorcières, hybrides de grenouille et de girafe, limaces à la bave empoisonnée, tous ces visqueux cauchemars que la porte ne cessait de vomir. Mais il eut beau cliquer et cliquer, il était impuissant. Seule Natacha pouvait lutter, arrosant l'ennemi d'un jet de feu. Mais déjà elle était encerclée et des bêtes la mordaient au talon. Les premiers projectiles atteignaient Natacha au visage. Le sang lui troublait la vue. Ou c'étaient des larmes.

— Elle pleure, elle pleure, balbutia Albert.

Natacha était en train de mourir. Les lettres EMET s'effaçaient une à une de son front. Le dégom-laser hoqueta puis se tut.

Albert détourna les yeux pour ne pas assister à la curée. Les bêtes dévoraient Natacha.

`GAME OVER`

Albert lança la souris contre l'écran.

— Tout va bien, fit une voix dans son dos.

Épouvanté, Albert se redressa. Orwell ! Orwell était là, souriant et répétant :

— Tout va bien.

Sur son front étaient inscrites les quatre lettres EMET. Un rire nerveux secoua les épaules d'Albert. Il avait oublié le golem qui s'était sagement déconnecté pendant toute la durée de la partie.

— J'ai de grands projets pour toi ! lui annonça Albert.

À quoi le golem répondit :

— Les choses vont changer.

CHAPITRE XII

SAUVEZ LULU !

L'appartement de Jean-Hugues affichait complet. Samir dormait sur le canapé du salon. Dans la journée, Majid et Sébastien le rejoignaient et, depuis vingt-quatre heures, une jeune femme exténuée se reposait dans la chambre de Mme de Molenne.

Cet après-midi-là, à l'heure du thé, on sonna à la porte. Mme de Molenne crut que c'était Emmé et elle s'empressa d'aller ouvrir. Elle s'entendait à merveille avec Mme Badach. Mais sur le palier, deux hommes attendaient la permission d'entrer. Mme de Molenne reconnut tout de suite Albert.

— Oh, mon Dieu, c'est vous !

— Tout va bien, dit l'homme qui accompagnait Albert.

Il avait l'air particulièrement aimable. Il portait un ordinateur.

— Entrez donc, lui dit Mme de Molenne. Vous êtes terriblement chargé…

— Tout va bien, répéta l'homme.

« Enfin quelqu'un qui va nous remonter le moral », songea Mme de Molenne.

— Jean-Hugues est allé faire une course, dit-elle. Posez l'ordinateur, monsieur.

Elle reconnut alors l'appareil de Jean-Hugues.

— Vous avez réussi à le récupérer ! s'exclama-t-elle.

— Les choses vont changer, dit l'homme.

— En effet, ça change tout, l'approuva Mme de Molenne. Est-ce que vous avez pu contacter Alias ?

Elle s'était tournée vers Albert mais ce fut son souriant compagnon qui répondit :

— Tout va bien.

Mme de Molenne marqua un petit temps d'étonnement puis enchaîna :

— Vous avez raison. *Think positive*, comme disent les Américains.

— Les choses vont changer.

— Absolument, c'est une question de… de mental.

Mme de Molenne jeta un regard désemparé à Albert. Le jeune informaticien rigolait franchement. D'une pichenette, il fit tomber la casquette qui cachait le front du golem. Les lettres EMET apparurent. Mme de Molenne eut un cri d'effroi.

— Tout va bien, la rassura le golem.

Dès que Jean-Hugues fut revenu, on tint conseil dans le salon. Il ne fallut que quelques secondes pour rebrancher l'ordinateur et retrouver le jeu.

— On va rappeler Natacha, se réjouit Jean-Hugues.

— Ce n'est pas le plus urgent, le rabroua sa mère. Il y a Lulu.

Jean-Hugues ravala son impatience et se tourna vers Albert :

— Tu peux contacter Alias ?

Albert se positionna en séquence 12 et cliqua sur le nain de jardin. Le dialogue pouvait commencer.

— Qu'est-ce que je lui dis ?

— Demandez-lui qu'il nous rende Joke, fit Samir d'une toute petite voix.

Albert acquiesça et tapa son message : `Joke peut-il ressortir ?` L'écran afficha :

```
NPNIUAZH@NFAO94NF/ 1587634JHF0125
ONPKOI0129JNF0/FAO9R34ND1
NCPA004C@N/CAPO1688GZPOT
```

Puis Alias précisa : `Joke est un bug.`

Chacun en silence médita la réponse. N'y avait-il aucun espoir ?

— On pourrait faire sortir Natacha ? hasarda Jean-Hugues.

Samir, Majid, Mme de Molenne et Albert posèrent sur lui un regard désapprobateur. Seul le golem l'assura que tout allait bien. Albert reprit le dialogue avec Alias. Il lui expliqua le lien vital qui existait entre Joke et Lulu. Mais Alias persista :

`Joke n'est pas un golem. Le joueur ne peut pas le faire sortir.`

Albert soupira. L'intelligence artificielle ne voulait rien entendre.

— Ce n'est justement qu'une intelligence, expliqua-t-il à Samir. Il a une logique, mais pas de sentiments.

Samir pleurait sans bruit. Il se mordit les lèvres et fit signe de la tête qu'il avait compris.

— Quand même, intervint Majid, vous pouvez pas dire à Alias que… que Caliméro est triste ?

Albert sourit à Majid. Il savait que le chagrin de Caliméro n'aurait aucun sens pour Alias. Mais il était important que chacun pense avoir tout fait pour sauver Lulu. Il écrivit donc : `Lulu va mourir. Caliméro est triste.` Puis il attendit et la réponse qui s'afficha le laissa un instant sans voix.

`Alias est triste`, lut-il enfin. `Alias pleure.`

— C'est Natacha ! s'écria Jean-Hugues.

Tout le monde laissa échapper un soupir excédé.

— Mais si ! reprit Jean-Hugues. Natacha a transféré ses données. C'est elle qui a appris la tristesse à Alias. Alias n'est plus seulement une intelligence. Il comprend nos sentiments.

— Les choses vont changer, dit le golem.

— Peut-être, murmura Albert.

Il tapa alors sur le clavier :

`Alias, aide-nous ! Sauve Lulu.`

Tout le monde fit cercle autour de l'ordinateur et Albert lut :

`Alias va sauver Lulu. Caliméro doit mettre l'ordinateur dans le décor de l'hôpital.`

Les deux gamins poussèrent un cri de triomphe. Pour eux, Joke allait ressortir et se reconnecter à Lulu. Albert ne dit rien. Il savait qu'Alias obéissait à des règles aussi immuables que celles d'un jeu vidéo. Il ne lui était pas possible de transformer un bug en golem.

— M'sieur Albert, où c'est qu'il faut porter l'ordinateur ? demanda Majid. Si on le met devant l'hôpital, ça suffit ?

Albert fit non de la tête.

— Il faut poser l'ordinateur à côté de Lulu. Mais le risque…

— C'est sûr, c'est risqué, l'interrompit Samir. Il y a Lunettes noires.

Albert pensait à un autre risque. Il n'avait pas oublié ce qui était arrivé à Orwell. Il écouta distraitement Samir et Jean-Hugues qui échafaudaient un plan pour prendre l'hôpital d'assaut. Puis il demanda à Mme de Molenne la permission de dormir un peu.

— Mais bien sûr, allez vous étendre sur le lit de Jean-Hugues.

Jean-Hugues s'interposa :

— Non, maman. Albert sera beaucoup mieux dans ta chambre.

Mme de Molenne rougit légèrement. N'avait-elle pas voulu cacher quelque chose à Albert ? N'avait-elle pas voulu garder quelqu'un pour son fils ?

— Si je dérange, bougonna Albert, je peux m'étendre sur le canapé.

Jean-Hugues lui désigna une porte fermée :

— Va te reposer dans la chambre de Maman. Je te dois bien ça.

Albert haussa les sourcils. Que signifiaient tous ces mystères ? Il fit deux pas en direction de la porte et se retourna. Tout le monde le regardait, l'encourageant d'un sourire. Albert abaissa la clenche de la porte et entra. Il faillit ressortir précipitamment. Le lit était déjà occupé ! Par une jeune femme. Une jeune femme blonde. Une jolie jeune femme blonde.

— Non, murmura Albert. C'est pas…

Il s'assit au bord du lit. Mais si, c'était :

— Nadia.

Jean-Hugues referma doucement la porte. Au même moment, Nadia ouvrit des yeux ensommeillés.

— Toi ?

— Moi.

Ils joignirent leurs mains. Puis Nadia songea qu'elle n'était ni coiffée ni maquillée.

— Je dois être affreuse.

— Oui, mais je crois que je vais surmonter ma répulsion.

Il posa ses lèvres sur la bouche de Nadia. Puis il lui glissa à l'oreille :

— On va se faire un super beau mariage, ma chérie. J'ai mis un peu d'argent de côté.

Il cligna les yeux, plus mauvais garçon que jamais.

— Trois cent vingt milliards d'euros.

CHAPITRE XIII

MAIS QUE FAIT ALIAS ?

Au septième étage de l'hôpital, Lunettes noires s'apprêtait à quitter son service. Il jeta un dernier coup d'œil au box vitré dans lequel Lulu reposait. Dire qu'il aurait suffi de tirer sur quelques fils pour en être débarrassé ! L'enfant n'était pas dans un coma irréversible, mais il aurait été facile de l'y plonger.

Le médecin entra dans le box et tritura nerveusement un ou deux tuyaux. La MC lui avait demandé de faire disparaître toute trace des événements bizarres qui s'étaient déroulés à l'hôpital. Certes, il avait été royalement payé pour gaver les enfants de médicaments et permettre au MIB de faire des expérimentations sur la fillette. Mais toute cette histoire commençait à lui peser. Sans l'avoir vraiment décidé, il débrancha le tuyau du respirateur.

Au même moment, une rumeur dans le couloir lui fit froncer les sourcils. L'endroit était habituellement très silencieux. Il quitta le box sans rebrancher l'assistance respiratoire.

— Qu'est-ce que vous faites ici ? C'est interdit aux enfants.

Samir venait d'entrer.

— Mais… qu'est-ce que c'est ? Voulez-vous ressortir !

Majid, Aïcha et Sébastien entrèrent l'un derrière l'autre, suivis de Mme de Molenne et d'Emmé.

— C'est interdit, répéta Lunettes noires.

Il se précipita vers la sortie et télescopa Albert. Il s'écarta prudemment de ce grand gaillard et prit la fuite. Dans le couloir, il croisa Nadia, Jean-Hugues et le golem. C'était une invasion !

— Vite, elle est là ! cria Samir.

Il avait repéré sa petite sœur dans le box vitré. Une sonnerie venait de se déclencher.

— Qu'est-ce qui se passe ? s'inquiéta Samir.

Emmé s'approcha de l'enfant. Elle était inerte. Le tube du respirateur s'enfonçait dans sa trachée mais sa poitrine ne se soulevait plus.

— Dépêche-toi, dit Mme de Molenne à son fils. Je crois que la petite est en train de…

Jean-Hugues cherchait une prise pour son ordinateur.

— Ci débranché ! s'écria Emmé en attrapant un tuyau qui pendait le long du lit.

— Non, ça y est, c'est branché, se méprit Jean-Hugues. Je lance le jeu.

Alias avait-il compris l'urgence de la situation ? Un faisceau lumineux jaillit de l'écran et balaya la pièce.

— Y a pas Joke, remarqua Samir.

Il n'y avait aucune matérialisation en préparation, seulement l'image fixe de la roseraie sur l'écran. Le faisceau lumineux tomba sur Lulu comme un coup de projecteur. Albert se demanda alors s'il ne devait pas arracher la prise de l'ordinateur.

— Elle va mourir, lui chuchota Nadia.

En ce cas, il n'y avait plus rien à perdre. Le bruit de soufflerie s'accentua. Et l'inimaginable se produisit une seconde fois. Le petit corps perdit de sa densité, se pixellisa et rétrécit tout à la fois. Puis une trombe de lumière l'emporta à travers l'écran dans un bruit de succion. Sur la couche, il n'y avait plus que quelques fils et des tuyaux. Lulu avait disparu.

— Ma… ma sœur, bredouilla Samir.

Mal à l'aise, Albert tapota le moniteur.

— En principe, elle est là.

— Alias n'a pas fait ça, quand même ! hurla Samir.

Majid regarda l'écran et poussa une exclamation. Lulu était de l'autre côté, semblable à un personnage de jeu vidéo.

— Elle est morte ? murmura Sébastien.

— Elle marche, dit Nadia.

Tous encerclaient l'ordinateur et chacun parla à tour de rôle.

— Elle a l'air en bonne santé.

— On dirait qu'elle sourit.

— Est-ce qu'elle nous voit ?

Samir toqua à l'écran. Mais l'autre monde semblait inaccessible. Le décor s'animait peu à peu. Le soleil émergea de l'horizon et monta lentement. Une légère brise agita les feuillages.

Lulu, qui avait tant de mal à marcher dans la vie réelle, se mit à gambader sur le chemin. Les roses s'épanouissaient sur son passage. L'eau jaillissait des fontaines. Lulu avait amené la vie avec elle.

— Ci le paradis d'Allah, dit Emmé.

Albert, lui, repensait à la mort d'Orwell. Quel destin Alias réservait-il à l'enfant ?

— Tout va bien.

Samir fit face au golem. Il fallait qu'il passe sa rage sur quelqu'un.

— Non, ça va pas bien ! Va chercher ma sœur dans l'ordinateur, maintenant !

Jean-Hugues posa la main sur son épaule. Le garçon plongea son visage dans ses mains. Lulu était-elle morte ou en vie ? Était-elle encore Lulu ?

— Elle n'a plus mal, hein ?

— La souffrance n'existe pas là-bas, répondit Jean-Hugues.

— Elle va m'oublier...

— Elle est dans un autre monde, Samir. Tu n'y existes pas.

Au travers des larmes qui lui brouillaient la vue, Samir regardait Lulu. Elle s'était arrêtée devant la grotte où vivait le vieux singe. Au moment d'en franchir le seuil, la fillette se retourna et agita la main.

— Au revoir, fit une voix sortant du hautparleur.

C'était la voix de Lulu. Elle disparut dans la grotte et l'écran devint rouge comme le rideau qui se baisse à la fin d'un spectacle.

Une fois de retour dans l'appartement, Emmé et Mme de Molenne s'efforcèrent de consoler Samir.

— Alias a cru bien faire, lui dit Albert. Dans un sens, Lulu est sauvée.

Jean-Hugues rebrancha l'ordinateur. Il n'avait pas l'intention de rappeler Natacha. Il avait compris qu'elle faisait peur.

— Tu te repositionnes sur la séquence 12, lui indiqua Albert. On pourra dialoguer avec Alias.

— Je veux bien, dit Jean-Hugues, mais là, j'ai l'étoile avec le message : « Je suis celui qui est autrement appelé. »

Si Jean-Hugues répondait à l'énigme, le processus de matérialisation de Natacha risquait de s'enclencher. Albert fit bouger la souris, chercha une issue et n'en trouva pas. Ce fut lui qui prit la décision de taper `ALIAS`. Sur l'ordinateur s'afficha le message suivant : `Entre ton nom.` Jean-Hugues retint ses mains captives entre ses genoux serrés. Dire qu'il suffisait d'inscrire `CALIMÉRO` dans le cartouche pour qu'il puisse de nouveau prendre Natacha dans ses bras !

— Qu'est-ce qu'on fait ? murmura-t-il.

— On éloigne les femmes, les enfants et les dragons, répliqua Albert.

Malgré leurs protestations, tous durent quitter le salon. Mais Nadia regarda Albert dans les yeux et fit non de la tête. Elle était de taille à affronter la guerrière.

— OK, Batwoman, se moqua Albert. À toi l'honneur !

Il lui désigna le clavier. Lettre après lettre, Nadia frappa le mot qui allait délivrer Natacha. Jean-Hugues broyait ses mains entre ses genoux.

— Caliméro, voilà, souffla Nadia en s'écartant de l'ordinateur pour laisser la place au faisceau lumineux.

Une seconde. Deux. Trois. Aucun bruit de soufflerie. Aucun jet de lumière. Albert donna une tape sur l'ordinateur comme on mettrait une bourrade à un camarade indécis.

— Il est bloqué.

Albert eut alors l'idée d'entrer le petit mot hébreu qui appelait les golems à la vie. EMET. Aussitôt, l'écran afficha le message connu :

GOLEM NATACHA

Mais ce qui suivait était pour le moins inattendu :

Nombre de vies restantes : 0.

— Mais c'est n'importe quoi ! s'écria Jean-Hugues. Natacha a encore une vie !

Albert restait muet, le regard baissé. Jean-Hugues se tourna vers lui.

— Alias débloque, non ?

— Jean-Hugues, je dois te dire quelque chose. J'espérais que cela n'aurait pas de conséquence mais…

Il s'assit en face du jeune prof et lui raconta comment il avait cliqué par erreur sur la grosse porte de bois. Il épargna à Jean-Hugues le détail du combat entre les Malfaisants et Natacha.

— Natacha a perdu sa dernière vie, elle l'a perdue dans le jeu…

— Mais c'est impossible ! se révolta Jean-Hugues. Alias n'a pas le droit. C'est pas…

Il allait dire : « C'est pas de jeu. » Mais le désespoir l'étreignit si fort que les mots lui manquèrent.

— Alias fixe les règles, remarqua Albert.

Jean-Hugues se leva.

— C'est un salaud, un salaud, un salaud ! Il enlève Lulu, il tue Natacha !

Il se dirigea vers la cuisine, prit un verre et l'emplit d'eau. Albert lui barra la route.

— Qu'est-ce que tu veux faire ?

— Le détruire.

— Réfléchis. Tout ce que tu peux déclencher, c'est un court-circuit. Alias est dans le réseau, il circule comme il veut, il fait ce qu'il veut. Il peut mettre la planète sens dessus dessous. Cet ordinateur, c'est notre seul moyen de communiquer avec lui. Notre seule chance de l'empêcher de faire n'importe quoi.

Nadia s'était approchée.

— Merci, j'avais soif.

Elle prit le verre des mains de Jean-Hugues et le vida d'un trait.

Tous trois revinrent au salon. L'affichage de l'écran avait encore changé. On était dans Golémia et très exactement place Taliva, séquence 12.

— Ah, on va pouvoir parler à Alias, se réjouit Albert.

Il suffisait de cliquer sur le PNJ, le personnage nain de jardin. Or celui-ci avait disparu.

— Jean-Hugues, Nadia, c'est incroyable, venez voir !

Ils se penchèrent ensemble sur l'écran.

— Là, à la place du nain.

C'était Lulu. Albert pointa sur elle le curseur et cliqua. Lulu agita la main et dit :

— Bonjour, toi.

CHAPITRE XIV

LE NOUVEAU MAÎTRE DE LA MC

Samir prenait goût au chocolat chaud du matin et aux tartines à la confiture de fraises. Il se faisait tout petit chez Mme de Molenne dans l'espoir qu'elle l'oublierait. Il se faufilait entre les meubles et les gens comme Bubulle, aussi affamé de tendresse que le petit dragon l'était d'électricité.

Pendant quelques jours avait régné une certaine agitation. Puis Albert et Nadia étaient partis pour Paris, emportant le golem et l'ordinateur. Le lendemain, Jean-Hugues les avait rejoints.

— Ça fait vide, hein ? dit Mme de Molenne en entrant dans la cuisine. Allez, *pchit* !

Elle chassa Bubulle qui se rechargeait et brancha le grille-pain à sa place.

— Tu ne penses pas que tu devrais rentrer chez toi, Samir ?

C'était la phrase que Samir redoutait d'entendre.

— J'ai pas trop de chez-moi, m'dame.

Chez lui, ça puait la cigarette, et le petit koala n'y attendait plus personne.

— Mais tes parents ?

Samir touilla le chocolat au fond de son bol.

— J'ai pas trop de parents.

Mme de Molenne remua quelques cuillères sans grande nécessité. Elle songea : « Un fils sans mère et une mère sans fils. »

— J'espère qu'il ne va rien lui arriver, dit-elle à voix haute.

Samir comprit qu'elle parlait de Jean-Hugues.

— Y a Albert avec lui. Il assure.

Mme de Molenne sourit, amusé par le jargon du garçon.

— Toi aussi, tu… assures.

Samir se sentit tout bizarre. Fier, intimidé, reconnaissant. Alors, ça faisait cet effet-là, un compliment ?

— C'est quoi, votre vrai nom ? demanda-t-il. Je veux dire, votre prénom.

— Louise, avoua Mme de Molenne, tout étonnée de l'entendre.

— C'est un nom de reine, ça. Ça vous va super bien !

— Tu ne serais pas un peu baratineur, Samir ?

Le garçon lui fit un clin d'œil.

— Comment que vous me pistez ! On voit que vous êtes psychologue.

Mme de Molenne se rengorgea. Elle ne se rendit pas compte que Samir la baratinait encore. Soudain, le garçon aperçut le dragon tout petit, tout aplati sous une chaise.

— Et Bubulle, s'inquiéta-t-il, vous allez le garder ?

— Eh bien, il n'a pas trop de maison ni de parents. Donc, je pense…

Mme de Molenne eut l'air d'hésiter.

— Je pense qu'il va rester. Tu crois qu'il sera heureux ici ?

Samir se sentit encore plus bizarre. Comme une envie de pleurer lui grattant le fond de la gorge.

— Vous êtes sympa. Pour une adulte, je veux dire.

— Beaucoup d'adultes le sont, Samir.

Mme de Molenne frissonna bien qu'il fît chaud dans la cuisine. Elle venait de repenser à Jean-Hugues. Dans quelques instants, il serait en face d'adultes pas du tout sympas.

Au même moment, Jean-Hugues essayait d'avaler un café. Il n'avait guère dormi. Ses yeux bleus enfiévrés, son visage pâle et défait, ses cheveux en épis lui donnaient plus que jamais l'air d'un adolescent trop vite poussé. Il avait la nausée. Il reconnaissait ce malaise. Il en souffrait à chaque rentrée, au collège des Quatre-Cents.

Mais ce matin-là, il n'était pas dans la cuisine avec sa mère. Par les fenêtres du luxueux bureau, il pouvait apercevoir les tours de la Défense. Jean-Hugues était au siège de la MC.

Albert toqua à la porte. Il vit tout de suite dans quel état se trouvait le jeune professeur.

— Tu as bien révisé ? dit-il, le ton enjoué.

Jean-Hugues lui lança un regard lugubre.

— J'y connais rien.

Albert s'assit de l'autre côté du bureau et commença à ouvrir des chemises cartonnées de couleurs vives.

— C'est pas compliqué. Je t'ai mis un Post-it sur chaque dossier pour résumer. Tu vois, là, Takamaté ?

Il avait pris la chemise étiquetée « MC Research ».

— Le professeur Takamaté a utilisé des orphelins comme cobayes au Bondebarwa. On a les noms des enfants, la date des décès, le témoignage d'un médecin. Alias m'a sorti toutes les preuves. Et là, c'est la Pétaudière. Il a acheté un député pour qu'on laisse sa foutue usine à côté d'habitations. Alias m'a retrouvé la trace du chèque. Et pour MC Quick, j'ai la preuve que le bœuf…

— OK, OK, l'interrompit Jean-Hugues. Mais ça ne marchera pas.

D'un mouvement du menton, il désigna le golem assis tout raide et déconnecté. Albert tapa dans ses mains et le golem déclara :

— Tout va bien.

— Deux phrases, se lamenta Jean-Hugues. Il dit deux phrases !

De nouveau, on frappa à la porte. La secrétaire nouvellement engagée entra, les bras chargés de casquettes « Life is MC ».

— Ci les dernières, dit-elle.

— Parfait, madame Badach, fit Albert. Vous êtes superbe.

Emmé portait sa robe des grands jours, avec les coquelicots.

— Ils arrivent, ajouta-t-elle. Je donne les sketkas ?

— Casquettes, madame Badach, rectifia Albert. Ne parlez pas verlan, et quand vous donnez les casquettes, vous dites ?

— « MC, ci cool », récita Emmé.

Puis elle jeta un coup d'œil inquiet sur Jean-Hugues.

— Ti vas bien, prisident ?

— Ça ira, madame Badach, répondit Albert à sa place. Mais dites plutôt « monsieur le président » et évitez de le tutoyer.

— Ci pas facile, sicrétaire, comme métier, remarqua Mme Badach en s'éloignant.

Dans la salle du conseil d'administration, les différents présidents venaient d'arriver. Contrairement à leur habitude, ils ne s'étaient pas assis à leur place. À voix basse, ils échangeaient leurs impressions sur cette convocation extraordinaire.

— Il paraît que… hum n'est pas en bonne forme.

— Ah ? Hum serait malade ?

Le nom d'Orwell semblait imprononçable. Quand la porte s'ouvrit, tout le monde tourna la tête, pensant le voir entrer.

— Assiyez, assiyez, les convia chaleureusement Mme Badach.

Sir Andrew Slash, Herman Frankenboof et les autres, trop étonnés pour réagir, se dirigèrent vers leur siège. Qu'est-ce que cette fatma endimanchée faisait là ?

— MC, ci cool, dit Emmé en tendant une première casquette.

La Pétaudière sursauta et leva les mains en l'air pour éviter tout contact avec cette femme.

— Ti la mets sur ta tête, lui expliqua gentiment Emmé. Ci le prisident…

Elle se reprit :

— Ci monsieur le prisident qui le demande de faire. Comme ça, ti es cool.

Elle enfonça la casquette sur la tête du président de la MC Oil et passa à Alicia Raduku.

— Ci pratique, les cheveux courts.

Chacun eut droit à sa casquette assortie d'une aimable réflexion. La Pétaudière fut le premier à l'arracher dès qu'Emmé fut repartie.

— Que signifie tout ce cirque ?

Personne ne lui répondit. Alicia avait sorti une petite glace et cherchait à donner une inclinaison seyante à sa casquette. Le président de la MC Oil se demanda s'il ne prenait pas un risque en n'imitant pas ses collègues.

La porte s'ouvrit de nouveau et Orwell entra. Il portait la casquette « Life is MC », la visière bien rabattue sur le front. Furtivement, la Pétaudière replaça la sienne sur sa tête. Puis il fronça les sourcils. Le patron de la MC n'était pas seul. Une espèce de petit jeune homme l'accompagnait, des dossiers sous le bras. Les dirigeants se soulevèrent légèrement de leur fauteuil pour saluer Orwell. Celui-ci leur parut souriant et pas du tout malade.

— Tout va bien, dit-il en s'asseyant, les choses vont changer.

Jean-Hugues ferma les yeux, pris d'un vertige passager. Le golem épuisait tout son répertoire d'entrée de jeu.

— Messieurs, dit Jean-Hugues.

Il aperçut Alicia et rectifia:

— Madame, messieurs, la MC, consciente de ses erreurs passées, a décidé d'offrir au monde un nouveau visage.

Jean-Hugues était resté debout. Dans un souffle, il ajouta:

— Un visage humain.

Un silence glacial parut solidifier l'air autour de lui.

— Tout va bien, lui dit aimablement le golem.

— Merci, monsieur Orwell.

Jean-Hugues s'assit et posa devant lui la pile des chemises cartonnées.

— Monsieur Orwell, qui a placé en moi sa confiance, m'a demandé de régler un certain nombre de dossiers.

La Pétaudière ne put se contenir davantage:

— Mais enfin qui êtes-vous ?

— Mon nom est… Caliméro.

Alicia Raduku émit un petit rire hystérique. Tous les autres restèrent de marbre. À n'en pas douter, ce Caliméro était le successeur de M. William, le nouveau patron fantoche de la MC.

Les mains tremblantes, Jean-Hugues défit les élastiques du dossier étiqueté « MC Quick ».

— Je souhaite voir avec chacun de vous la situation de sa division. Monsieur Frankenboof…

Herman baissa la tête et présenta son front comme l'aurait fait un élève de 5e 6, prêt à donner un coup de boule.

— Je suis très mécontent de vous. Vous achetez du bœuf au rabais à des filières douteuses. N'avez-vous jamais pensé qu'on pourrait vous soupçonner un jour d'empoisonnement ?

L'accusation était si crue que Frankenboof ouvrit puis ferma la bouche, complètement suffoqué.

— Mais qu'est-ce que ce cirque ? s'exclama de nouveau la Pétaudière. Monsieur Orwell, vous n'allez pas nous laisser insulter par ce… ce…

— Les choses vont changer, lui rappela le golem.

— Vous voulez consulter votre dossier ? demanda Jean-Hugues au président de la MC Oil. Dois-je vous rappeler comment vous avez volontairement pollué en 1993 le delta du Sasfépa ? Vous voulez distribuer les copies… heu… les dossiers ?

Il s'adressait à Alicia, qui fit circuler les chemises cartonnées. Les dirigeants les ouvrirent, étouffèrent des exclamations de stupéfaction ou pâlirent d'effroi.

— Si je comprends bien, dit le professeur Takamaté d'une voix flûtée, vous avez l'intention de nous faire la morale ?

— De vous faire marcher droit, précisa Jean-Hugues.

Il y eut un mouvement général d'indignation et Jean-Hugues sentit venir le moment critique.

— Monsieur Orwell, dit sir Andrew Slash, expliquez-nous où vous voulez en venir. Ce que fait la MC, vous le savez, nous le savons.

— Les choses vont changer, lui répliqua le golem.

— Je vois que c'est votre nouveau caprice. Mais nous, nous avons des actionnaires à satisfaire.

— C'est pour les satisfaire ou pour toucher la prime d'assurance que vous avez mis le feu aux usines du Tadboukistan ? lui demanda Jean-Hugues.

Sir Andrew Slash posa les mains sur son cœur comme si l'on portait atteinte à ce noble organe. De toutes parts fusaient des « c'est intolérable », « c'est inadmissible »…

— Monsieur Orwell, est-ce que vous êtes dans votre état normal ? susurra le professeur Takamaté.

— Tout va bien, répondit le golem.

Le professeur pointa l'index vers Jean-Hugues :

— Vous lui avez fait un lavage de cerveau. Vous avez utilisé le Mondhypnose.

— Le Mondhypnose est votre invention, s'écria Jean-Hugues, et vous vous en servez même sur des enfants ! Vous êtes renvoyé, Takamaté !

Sir Slash se souleva alors de son siège. Il était cramoisi et deux grosses veines battaient à ses tempes.

— Tu crois que tu vas faire la loi, espèce de petit trou du cul !

Jean-Hugues eut l'impression qu'il était en train de perdre la partie. Se faire insulter ainsi, le jour de la rentrée…

— Apportez-moi votre carnet de correspondance, dit-il.

Alicia eut un nouveau petit rire d'hystérie. Mais Slash avait quitté son siège, menaçant. Il avait des mains énormes et le souffle heurté d'un animal furieux. Jean-Hugues se leva à son tour. Il était plus faible, il avait toujours été plus faible. Mais il avait toujours fait face. Slash lui montra le poing :

— Je vais te… te…

Soudain, il porta les deux mains à sa poitrine. Incapable de parler, incapable de bouger, traversé par une terrible douleur.

— Il a une attaque ! s'écria Alicia.

Sir Slash s'effondra tout d'une masse. Jean-Hugues pensa aux enfants morts dans les usines incendiées du Tadboukistan.

— Justice est faite, dit-il simplement.

Il tremblait de la tête aux pieds. Chacun contemplait le corps que la vie venait de quitter.

— Tout va bien, dit le golem avec un sourire épanoui.

Tous les dirigeants ressentirent alors une crainte mystérieuse. Le nouveau maître de la MC s'appelait Caliméro, il connaissait leurs misérables secrets, et celui qui osait le menacer tombait foudroyé à ses pieds.

CHAPITRE XV

LA VIE RÉELLE

Albert accueillit Jean-Hugues dans le bureau en lui donnant des claques dans le dos.

— T'as assuré. Impeccable, mon vieux. J'aurais pas fait mieux.

Albert avait suivi le conseil d'administration en direct sur un écran.

— Slash n'est pas vraiment mort ? balbutia Jean-Hugues.

— Quand même un peu.

— Il faudrait appeler un médecin.

Albert frictionna le dos de Jean-Hugues.

— T'inquiète, t'inquiète…

— Un médecin, répéta Jean-Hugues.

Il paraissait complètement sonné. Albert consulta Emmé du regard.

— Monsieur le prisident, il va pas bien, diagnostiqua Mme Badach.

Jean-Hugues marcha comme un automate jusqu'à son fauteuil. Il s'assit et parut revenir à lui.

— Non, je ne vais pas bien. J'ai envie d'être seul.

Il voulait être seul avec ce chagrin qu'il avait repoussé d'heure en heure. Il avait tenu bon tant qu'il avait dû lutter. Pendant quelques instants, face aux dirigeants de la MC, il lui avait semblé porter le poids du monde. À présent, ses épaules pouvaient ployer.

Emmé prononça quelques paroles de réconfort avant de le quitter et Albert partit aussi, le golem à ses côtés. Jean-Hugues se laissa enfin aller, la tête dans les bras.

Les deux petites phrases du golem l'obsédaient : les choses vont changer, tout va bien... Pour Alias, c'était le mot de la fin. C'était lui, au fond, le nouveau maître de la MC. Il n'était l'allié de personne. Les réels ne l'intéressaient pas. Pour lui, tout n'était que jeu, score, bonus et perdant.

Jean-Hugues resta longtemps à méditer. Pleurer peut-être. Dormir. Rêver. Il rêva à Bubulle. Le petit dragon ronronnait et ce ronron fit s'éveiller Jean-Hugues en sursaut. Il se redressa et regarda autour de lui. Le temps qu'il comprenne où il était et le bruit s'arrêta. C'était l'imprimante qui s'était mise en marche. Jean-Hugues prit le papier qui venait de sortir de la machine. Il lut :

`JOUE AVEC MOI. JE T'ATTENDS.`

Il jeta un coup d'œil sur l'écran de l'ordinateur. Séquence 12, place Taliva. Lulu était là. Jean-Hugues posa la main sur la souris et cliqua sur la petite fille.

— Alias est ton allié, dit-elle. Voilà la vérité.

Jean-Hugues attendit un moment mais rien d'autre ne se produisit. C'était jour de marché à Golémia. Jean-Hugues cliqua une nouvelle fois sur Lulu.

— Alias est ton allié. Voilà la vérité.

Jean-Hugues se retrouva soudain dans la peau du joueur. Golem restait un jeu et Lulu proposait une énigme.

— « Voilà la vérité », marmonna-t-il. La vérité.

Pourquoi Lulu utilisait-elle le mot qui en hébreu donne la vie au golem ? Jean-Hugues effleura le clavier puis, lettre après lettre, il tapa `E... M... E... T.`

Dès qu'il entendit le bruit de soufflerie, il s'écarta de l'ordinateur. Le rayon laser en jaillit. « Alias vient me chercher ! » s'affola Jean-Hugues. Mais dans la lumière apparut Natacha. Blonde et charnelle, c'était bien la guerrière mais sans son dégom-laser. *Clac*, *clac*, en deux petits réglages, l'image se solidifia et le rayon repartit dans l'ordinateur. Natacha poussa un cri, visage renversé, comme si quelque chose lui était arraché. Elle tâtonna l'air autour d'elle, fit deux pas en titubant, se cogna dans le fauteuil.

— Aïe, mal, dit-elle.

Elle était seule et perdue.

— Natacha ? murmura Jean-Hugues.

Elle se retourna, les bras en balancier pour garder l'équilibre. Elle plissa les yeux puis avança la main. Elle évaluait mal les distances.

— Où…

Elle se tut, porta la main à sa gorge. Sa voix était brève, sans écho et sans rêve.

— Où es-tu ? dit-elle.

Il s'approcha d'elle lentement. Timide, émerveillé. Alias lui avait donc redonné celle qu'il aimait.

— Tu ne me vois pas ? dit-il tout bas.

Natacha cilla. Sa vision était en train de s'accommoder. Elle vit Jean-Hugues d'abord flou, puis net.

— Mon amour, dit-elle en le reconnaissant.

Elle caressa l'air autour de lui, frôla sa joue. Puis la pinça.

— Tu fais mal, Natacha.

— Aïe ?

— Oui, aïe…

— C'est… le réel ?

Sans attendre de réponse, Natacha écarta la frange qui recouvrait son front. Les quatre lettres du mot EMET avaient disparu.

— Tu as gagné, dit-elle.

Jean-Hugues se sentit défaillir.

— Tu... tu es libre ?

Elle secoua la tête. Mieux que libre :

— Je suis réelle.

Elle avait perdu toutes ses vies. Sauf celle-là, la dernière, la nôtre. Elle posa un doigt sur les lèvres de Jean-Hugues. Il la prit contre lui et l'embrassa. Et c'était une femme semblable à toutes les femmes. Jean-Hugues eut pourtant un petit tressaillement en sentant un grésillement le long de sa cuisse. Mais ce n'était que son téléphone portable, en mode vibreur.

— Il ne décroche pas, dit Mme de Molenne.

— Pit-être il est occupé ? fit Emmé.

Mme Badach s'était dépêchée de retourner aux Quatre-Cents. Elle se faisait du souci pour le « prisident ».

— Il vous a dit qu'il voulait rester seul ? s'inquiéta Mme de Molenne. Et il avait l'air d'aller mal ?

— Ci de la diprime nerveuse comme elle a eu ma belle-sœur, analysa Emmé.

— Faudrait appeler Albert, suggéra Samir.

Mme de Molenne acquiesça. Elle fit le numéro du portable d'Albert. Mais Albert avait retrouvé Nadia. Lui aussi, il était occupé.

— C'est le répondeur, murmura Mme de Molenne. « Oui, monsieur Albert ? C'est la maman de Jean-Hugues. Je me demande s'il ne faudrait pas aller voir à la MC. J'ai un peu peur que Jean-Hugues ne fasse une bêtise. »

Elle avait dit ces derniers mots tout bas comme si le fait même d'en parler comportait un risque. Les deux mamans se regardèrent, désemparées.

— Je vais y aller, décida Mme de Molenne.

Mais on ne la laisserait pas entrer au siège de la MC.

— On n'a qu'à faire comme à l'hôpital, proposa Samir. On se ramène à six ou sept et on passe en force.

— Faut pas forcer, intervint Emmé. M. Albert, il m'a donné un badge.

— C'est bon pour une seule personne, répliqua Mme de Molenne.

Mme Badach ouvrit alors son grand sac et une vingtaine de passes apparurent.

— M. Albert, il m'a donné beaucoup des badges pour rentrer. La MC, ci à tout le monde. Miltinationale, ça veut dire : ça appartient à tout le monde des nations. M. Albert, il m'a bien espliqué.

À la façon dont Emmé disait « M. Albert », on devinait qu'elle en avait fait un modèle de vertu et un exemple à suivre pour ses sept fils.

Les vigiles de la MC eurent donc en cette fin de journée la surprise de voir arriver dans le hall tout le monde des nations. Samir, Majid, Aïcha, Sébastien, Emmé et Mme de Molenne montrèrent leur badge. Les deux costauds s'interrogèrent du regard.

— On s'en fout, glissa un vigile à l'autre. T'as vu Orwell, aujourd'hui ? Il est shooté à je sais pas quoi.

Il se tourna vers la petite troupe et fit signe de passer. Mme de Molenne se dépêcha. Elle avait un terrible pressentiment maternel. Quand elle put enfin ouvrir la porte du bureau directorial, le spectacle qui s'offrit à elle lui arracha un cri d'effroi. Jean-Hugues était tout près de faire une bêtise et il rougit immodérément. Mais il se ressaisit très vite et, rajustant la tenue de sa bien-aimée, il déclara à sa mère :

— Tu reconnais ma fiancée, maman ? Alias me l'a rendue.

Mme de Molenne, poussée par les autres, était entrée.

— Aouah, le canon, souffla Majid.

Avec ses longues jambes, le petit short et le généreux débardeur, Natacha aurait déclenché une émeute en se promenant dans les rues des Quatre-Cents. La jeune fille, peu consciente de sa provocante beauté, n'avait d'yeux que pour Jean-Hugues. Des yeux verts semés d'étincelles.

— Trop belle, s'extasia Aïcha.

Albert, qui avait fini par écouter son répondeur téléphonique, entra alors avec Nadia. Il resta un instant les yeux ronds, pétrifié par la stupéfaction.

— Nadia, tu vois ce que je vois ?

— Si ze te zêne, ze peux attendre dans le couloir.

Albert attrapa sa nana par la taille en rigolant.

— Viens, on gêne tous les deux. On gêne tous.

Il fit signe aux gosses. Emmé, pudique, était déjà ressortie. Albert referma la porte.

Dans le bureau, il ne restait plus que Mme de Molenne et les deux jeunes gens. Mme de Molenne s'approcha de Natacha. Elle ne savait que dire, que faire. Elle aurait voulu trouver des mots d'accueil ou de tendresse et elle ne trouvait rien. Natacha rebroussa sa frange.

— Je… je…

Elle s'arrêta et sourit. Dire « je », quand on comprend le sens de ce petit mot-là, on ne s'en lasse pas.

— Je suis réelle, maman.

Mme de Molenne sentit fondre son cœur. Les mots vinrent tout seuls.

— Tu es réellement charmante.

ÉPILOGUE

La camionnette roulait bon train vers les Quatre-Cents. À bord, il y avait Cécile, la journaliste, et Momo, le cadreur.

— Encore un reportage sur les banlieues, grogna Momo. C'est quoi, c'te fois ? Des pompiers qui se font caillasser ?

— Ça n'a rien à voir, répliqua Cécile. Tu n'es pas au courant de ce qui se passe aux Quatre-Cents ?

Momo prit un air supérieur :

— Tu sais, moi, vos histoires franco-françaises… Je reviens du Tadboukistan. Là-bas, ça bouge, ça bouge vraiment. Ils construisent des écoles, des dispensaires. La MC finance un plan de développement et…

— C'est marrant, je voulais justement te parler de la MC, l'interrompit Cécile. Elle a créé une fondation, la MC400, qui s'est donné pour but la rénovation des cités les plus pourries. On va faire un reportage aux Colibris. Ils inaugurent une Maison de quartier.

Il y eut un silence dans la camionnette. Qu'est-ce qui lui prenait, à la MC ?

— Les dirigeants ont pourtant la réputation de mafieux, remarqua Momo.

— J'ai rencontré le big boss, Orwell. Il plane un peu mais, franchement, il est très sympa. Et il veut tout changer !

Momo fronça les sourcils en apercevant de la verdure.

— Tu crois pas qu'on s'est perdus ?

Dans son souvenir, les Quatre-Cents, c'étaient des tours posées sur un tas de boue. Ici, il y avait des arbustes, des fleurs et des fontaines aux croisements.

— Non, non, c'est là, le rassura Cécile. Voilà les Colibris. Oh, c'est joli, la fresque qu'ils ont faite sur les murs ! Tiens, gare-toi.

Un jeune homme en jean leur fit un signe de bienvenue et leur désigna une place de stationnement. C'était un des animateurs de la Maison de quartier. Le badge indiquait son nom : Haziz Badach.

Le concierge des Colibris avait été promu gardien de la Maison de quartier et il n'en pouvait plus de fierté.

— C'est pour la télé ? demanda-t-il à Cécile. Je me mets devant la caméra ? Alors, moi, je veux dire que la banlieue, on raconte ci et ça sur la banlieue, mais la vérité… Couché, Brutus ! Vous en faites pas, il est gentil…

Le chien du gardien montrait les dents. La vérité, c'est que Brutus avait été dressé à l'attaque et qu'il avait sérieusement besoin de se recycler. Cécile s'en écarta prudemment et commença la visite.

Dans les anciennes caves, on avait installé un cybercafé. Majid n'en décollait plus. Il niquait tout le monde à Half-life mais faisait une pause dans ces jeux de baston quand Aïcha, délivrée de ses multiples tâches ménagères, avait le droit de le rejoindre. Avec elle, il surfait en douceur sur l'internet.

Dans une salle voisine, on avait installé le vidéo-club. Rien que des films d'épouvante. Le responsable de la programmation était un certain Sébastien. Une fois par semaine, le vendredi, Sébastien prévoyait une comédie sentimentale. C'était le soir où Aïcha avait le droit de « sortir ».

Au rez-de-chaussée, Mme Badach et ses amies disposaient d'une vaste cuisine. Pour la fête d'inauguration, elles avaient préparé des centaines de gâteaux ruisselants d'huile et de miel.

— Ci pas trop rigime, dit Mme Badach en tendant une assiette de loukoums à Natacha.

— C'est réellement bon, répondit Natacha, la bouche pleine.

Tout le monde lui souriait. On avait rarement vu une jeune femme prendre autant de plaisir aux choses simples de la vie : boire, manger.

Jean-Hugues entra alors dans la cuisine, l'air un peu inquiet. Il parcourut du regard cette assemblée de femmes en foulards et tabliers.

— Oh, c'est le mari, dit Natacha en l'apercevant.

Elle se tourna vers les dames et leur expliqua :

— Natacha a un mari. Non… Je…

Elle plaqua les mains sur sa poitrine et dit d'un ton extraordinairement possessif :

— J'ai un mari.

Toutes ces dames hochèrent la tête avec un sourire bienveillant. Jean-Hugues attrapa sa jeune femme par les épaules et chuchota :

— Où étais-tu passée ? Je te cherchais. Orwell et Albert sont arrivés pour l'inauguration.

Il entraîna Natacha vers le hall d'accueil.

— Merde, marmonna-t-il, c'est commencé.

En effet, Albert, très classe en costume-cravate, était déjà lancé dans un grand discours de bienvenue et de remerciements.

— Bienvenue à tous les habitants des Quatre-Cents, à cette France de toutes les nations, marocaine, algérienne, tunisienne, malienne, portugaise, cette France si unanimement attachée aux valeurs de la République…

Là-dessus, Albert dédia un grand sourire au concierge des Colibris.

— Merci à M. le député qui n'a cessé de manifester son intérêt pour les Quatre-Cents…

C'était la première fois qu'il y mettait les pieds.

— Merci à M. le ministre qui a bien voulu nous honorer aujourd'hui de sa présence, fidèle à ce rendez-vous comme à tous les autres…

Il s'était décommandé dix fois.

— Merci à la MC que je représente modestement…

Après un bon quart d'heure de langue de bois, Albert se tourna résolument vers le golem :

— Je crois que nous pouvons laisser le mot de la fin à celui qui a permis cette fête. Monsieur Orwell ?

Le patron de la MC était là, toujours souriant et très cool avec sa casquette.

— Tout va bien, déclara-t-il, les choses vont changer.

Ces mots d'une si touchante simplicité de la part d'un si grand patron déclenchèrent un tonnerre d'applaudissements et la ruée vers les buffets. Nadia put enfin se rapprocher d'Albert.

— Alors, ça fait quel effet de zouer les bonnes fées ?

Depuis un an, Albert et Jean-Hugues dépensaient en actes de bienfaisance la fortune personnelle d'Orwell, qu'Alias leur avait livrée.

— Je me sens presque meilleur, admit Albert. On prend un verre pour fêter ça ?

Les élèves de l'ancienne 5e 6, désormais en 4e 3, étaient de service. Nouria et Aïcha circulaient avec des plateaux de petits fours. Mamadou et Miguel faisaient sauter les bouchons. Albert prit un verre de champagne et s'avança vers Jean-Hugues et Natacha. Il fit tinter son verre contre celui de la jeune femme.

— À l'amour, dit-il.

Puis il trinqua avec Jean-Hugues.

— Au courage, se moqua-t-il.

— À l'honnêteté, répondit Jean-Hugues.

Ils se mirent à rire, unis par les dangers passés et les risques présents. Car désormais tous deux dirigeaient la MC avec la complicité d'Alias. Albert utilisait parfois des méthodes peu recommandables pour faire obéir les Frankenboof et autres Raduku, des méthodes qui avaient quelque chose à voir avec le chantage. Mais c'était pour la bonne cause, celle de tout le monde des nations, comme aurait dit Emmé.

— Et Samir ? demanda Nadia. Il ne vient pas ?

— Il ne devrait pas tarder, répondit Jean-Hugues. Maman lui faisait réviser son anglais, cet après-midi.

Samir habitait désormais chez Mme de Molenne. Louise, conquise par l'intelligence de l'adolescent, s'efforçait de lui donner les quelques bases qui lui manquaient en anglais.

Samir regarda l'heure à sa montre. Il repoussa livres et cahiers et lança à tue-tête :

— *Are you ready, Louise ?*

— Je n'arrive pas à retrouver Bubulle. Mini, mini, mini…

Mme de Molenne avait toujours peur que Bubulle ne profite d'une porte ouverte pour se sauver dans l'escalier. Samir sourit puis s'étira paresseusement. Depuis un an, il découvrait ce bonheur tranquille : un foyer. Il aurait aimé le partager avec Lulu. Mais elle, elle était de l'autre côté.

Le regard rêveur, Samir posa la main sur la coque bleu électrique de la souris. Jean-Hugues avait mis son ordinateur à l'abri, dans son bureau d'autrefois. À force de s'en servir, Samir avait découvert qu'en double-cliquant sur l'image de Lulu, il pouvait converser avec elle comme Albert faisait avec Alias. Il eut envie de lui passer un petit bonjour avant de partir pour la Maison de quartier :

```
LVNIH/4568JNS ?JFI0@NFAIHT2I
UVNAO/NVAIO0985876/NQAPFJIO
LNVCAOUT21486NAOITU9/@NOA14812
UNCAOUR9458789S/NCOM.VNZI
```

Mme de Molenne entra dans la chambre :

— Impossible de mettre la main sur Bubulle.

Elle se pencha par-dessus l'épaule de Samir :

— Ça va, Lulu ?

Samir leva les yeux vers Louise. Des yeux tout au bord de pleurer. Soudain, un cahier ouvert se souleva bizarrement et Bubulle pointa le museau au bout du tunnel de papier. Mme de Molenne eut un soupir de soulagement à la vue de son dragon retrouvé.

— Je peux l'emmener avec moi ? demanda Samir sur un ton d'enfant capricieux.

— Non, il ne faut pas le montrer. Albert te l'a dit. Tout ce qui concerne Alias doit rester secret.

— Je le mets dans mon sac à dos et il en sort pas.

— Qu'est-ce que ça te donnera ?

Samir voulait épater les copains à la Maison de quartier. Il joignit les mains, fit les yeux doux, baratina.

— Sur le Coran de La Mecque, je le montre à personne.

Après le départ de Mme de Molenne, de Samir et du dragon, il n'y eut plus dans l'appartement vide qu'un seul bruit, celui du ventilateur de l'ordinateur, et une seule lumière, celle projetée par l'écran.

***

Les étoiles brillaient, des étoiles à cinq branches comme sur un dessin d'enfant. « J'aime bien quand il fait nuit, pensa Lulu. Mais pas trop longtemps. »

Aussitôt, l'horizon rosit et la lumière du soleil naissant baigna le jardin. Assise dans l'herbe, Lulu tendit la main vers un parterre de jonquilles, l'effleura et dit :

— Bleu.

L'herbe se couvrit de myosotis.

— Bisou ! appela Lulu.

Un poney s'échappa du pré voisin, sauta pardessus la barrière et vint croquer des pommes aux pieds de Lulu.

— Pas trop, pas trop, lui dit sa petite maîtresse. Ou tu vas être malade.

Le poney baissa les oreilles et son pelage devint terne.

— Tu vois, je te l'avais dit, gronda Lulu.

Elle se mit sur la pointe des pieds pour examiner la barre d'outils et elle attrapa une bouteille de sirop.

— Tiens, bois.

Le poney, guéri, repartit au petit trot vers son enclos.

La journée était belle. Il y avait un arc-en-ciel à l'horizon. Lulu savait qu'il y avait un trésor à trouver là-bas. Mais elle le chercherait une autre fois. L'énigme était un peu difficile.

— Qu'est-ce que je vais faire en attendant que Samir rentre ? se demanda-t-elle.

Elle s'aperçut qu'elle n'avait envie de rien.

— Tu as faim ? dit une voix.

À l'instant même, la pelouse se couvrit de gâteaux crémeux décorés de cerises.

— Je n'ai pas faim. Je n'ai pas soif. Je n'ai pas froid, déclara la petite.

Mais elle pensa : « Il me manque un ami. » Une réponse lui parvint :

— Alias est ton allié.

La petite fille sourit. Alias était très intelligent, mais il n'était pas bien malin.

— Un allié, c'est pas un ami.

— Un ami, répéta la voix. Qu'est-ce que c'est ?

Durant sa courte vie d'enfant malade, Lulu y avait longuement réfléchi.

— Un ami, c'est quelqu'un qui joue avec moi. On aime les mêmes choses, les histoires, les peluches, les chevaux. Quand je suis triste, je pense à mon ami et ça va mieux. Et surtout quand le téléphone sonne, je crie : « C'est pour moi ! »

Il y eut un silence. Alias enregistrait les données. Un téléphone apparut et se mit à sonner. Lulu s'accroupit et décrocha.

— Allô ? Qui c'est ?

— C'est ton ami.

— Où tu es ?

— Au pied de l'arc-en-ciel.

Lulu se leva d'un bond, attrapa son mini sac à dos, y rangea sa planche à roulettes supersonique, la carte du Pays magique et le sirop enchanté pour ne jamais être malade.

— Prête pour l'aventure à partir de six ans ? demanda Alias.

— Mais… tu m'accompagnes ? s'inquiéta Lulu.

— N'aie pas peur. Où tu iras, je serai.

TABLE DES MATIÈRES

Dans la collection Roman, plus de 150 titres à découvrir

La nuit des temps / René Barjavel

Au pôle Sud, les membres d'une expédition polaire internationale sont en émoi. Ils ont détecté, sous 1 000 mètres de glaces, des ruines gigantesques, enfouies depuis 900 000 ans et d'où s'élève un signal régulier. Que vont-ils découvrir ? À la fois reportage et épopée mêlant présent et futur, La nuit des temps *est avant tout une mythique histoire d'amour.*

Anibal / Anne Bragance

Quand ses parents lui annoncent qu'ils vont adopter un petit Péruvien, Edgar croit qu'ils blaguent. Mais Anibal débarque avec sa bouille désarmante, et peu à peu Edgar craque. À la fin de l'été, Edgar doit partir en pension. Être séparé d'Anibal ? Impossible. C'est la fugue.

La maison aux 52 portes / Évelyne Brisou-Pellen

Maïlys sent qu'elle devient folle. La vieille bâtisse où sa famille vient d'emménager cache un secret. Derrière les nombreuses portes de la maison, Maïlys entend des voix, croise des silhouettes surgies du passé. Quel message tente-t-on de lui transmettre ?

Le cri du loup / Melvin Burgess

Ben a commis une grave erreur en révélant à un chasseur qu'il existait encore des loups dans le sud de l'Angleterre. Car ce chasseur est un fanatique, constamment à la recherche de proies inhabituelles. Très vite, l'homme n'a plus qu'une idée en tête : exterminer les loups jusqu'au dernier.

Le voleur de rapaces / Melvin Burgess

Approcher un rapace aussi rare que le milan royal : Thomas en rêvait. Et voilà que l'oiseau a fait son nid tout près de chez lui, sur les terres où son père est garde-chasse ! Pour Thomas, c'est une chance unique de compléter sa collection d'œufs. Mais le milan royal est une espèce protégée : il est totalement illégal de dérober ses œufs...

Mémoires d'un sauvage / William Camus

Mon père est un indien iroquois et ma mère est blanche. J'ai grandi au milieu des neiges, des chiens de traîneau et des ours. Quand je suis né, le sorcier de la tribu a lu dans les osselets que j'aurais un avenir extraordinaire, et les osselets magiques ne mentent jamais ! Je vais vous raconter...

Akita / Bernard Clavel

Akita, chien fidèle et heureux, est enlevé par des voleurs. Enfermé dans un chenil où il est maltraité, il n'a qu'une idée en tête : retrouver ses maîtres. Akita parvient à s'échapper et marche jusqu'à l'épuisement. Lorsqu'il arrive enfin chez les siens, il s'aperçoit qu'un autre chien a pris sa place.

La louve du Noirmont / Bernard Clavel

Sous la pleine lune de février, la meute des loups frémit. Au milieu de la clairière, Berg – superbe mâle – se livre à un combat sanglant pour Silva, la plus belle des louves. Vainqueur, Berg s'en va avec sa nouvelle compagne chercher une tanière où vivre la saison des amours et donner naissance à trois petits. Mais après le bel été vient brutalement l'automne : commencent alors la chasse et la longue errance des loups...

La dernière corrida / Vincent de Swarte

Séville, feria d'avril : Pavel, un jeune Français tenté par l'écriture, rencontre un vieil écrivain alcoolique dont les mains, par on ne sait quel mal mystérieux, sont immobiles depuis un lointain séjour à Cuba. Dans la chaleur de cette ville où, le soir, les femmes dansent le flamenco, débute une relation sans détour entre les deux hommes, qui les mènera sur les gradins de l'arène pour un ultime sacrifice, « La dernière corrida ».

Le journal de Zlata / Zlata Filipović

1991 : Zlata a onze ans et vit à Sarajevo. Elle tient un journal où elle raconte sa vie quotidienne. Mais la guerre éclate : l'univers tranquille de la petite fille s'effondre pour faire place à la peur, la colère et l'incompréhension. Elle pleure son enfance volée mais continue d'écrire et de témoigner, comme Anne Frank, à qui elle pense souvent.

J'irai te voir... (Le chemin de sable - 1) / Pascal Garnier

Cité H.L.M. de Dunkerque. La télé hurle, les parents ne sont pas là, ou alors seulement pour donner des claques. Et l'école ? oubliée... Vincent a de quoi avoir le blues, et même la haine ! Alors il part. Oh, pas si loin, non ! Raymond, son oncle habite au bord de la mer... Voilà un horizon qui donne envie de vivre. Et sur la plage, Véronique...

La neige au cœur (Le chemin de sable - 2) / Pascal Garnier

Bientôt Noël. Vincent marche seul, sans un sou. Le chemin jusqu'à Véronique semble si long... Par un jour de neige et de glace, il rencontre un écrivain excentrique et généreux. Vincent découvre alors la solidarité et le goût du rire. Mais le désir de retrouver Véronique est le plus fort. Vincent reprendra la route, le cœur réchauffé.

C'était juste après la guerre / Giorda

Pour la première fois, Jérôme quitte Marseille et ses parents. Il va passer deux mois de l'été 48 dans un petit village du Vercors. Il y découvre la campagne et rencontre un jeune Allemand, dont la présence suscite la haine des habitants. Peu à peu, Jérôme prend conscience des horreurs de la guerre mais il n'accepte pas l'esprit de vengeance.

Au nom de tous les miens / Martin Gray

Du ghetto de Varsovie au camp de Treblinka, face à la mort qui frappe tous les siens et qui le frôle si souvent, Martin sait que sa seule arme est sa vie. À dix-sept ans, il prend tous les risques, connaît les souffrances les plus terribles mais n'abandonne jamais.

La maison cannibale / Gudule

Depuis que Quentin a déménagé, sa vie est un cauchemar. Des rêves obsédants empoisonnent ses nuits. Dans les couloirs sombres de la vieille demeure, la peur rôde... Heureusement, Suzy est là, avec son charme ravageur. Le mystère, elle adore! en compagnie de sa super-tata, Quentin va affronter l'innommable. L'humour et la bonne humeur triompheront-ils des pièges de l'au-delà ?

Toufdepoil / La folle cavale de Toufdepoil / Claude Gutman

Sa maman partie, Bastien a dû apprendre à vivre seul avec son papa et Toufdepoil, son chien. Mais soudain tout est remis en question. Belle-Doche s'installe à la maison et déclare la guerre à Toufdepoil.

Pistolet-souvenir / Claude Gutman

Avec sa petite taille, ses vieux vêtements et ses piètres résultats scolaires, Petit-Pierre est devenu la brebis galeuse et le souffre-douleur de la 6e D. Mais le jour où il débarque dans la classe, le visage tuméfié, plus personne ne rit. Julien décide de l'aider.

Béquille / Peter Härtling

1945 à Vienne. Thomas erre seul au milieu des ruines de la ville. Dans le désordre général, il a perdu sa mère. Il rencontre un homme qui sautille sur une jambe et qui se fait appeler Béquille.

Le garçon qui voulait absolument aller à l'école / Veronica Hazelhoff

Quand Arthur a décidé quelque chose, impossible de le faire changer d'avis. Et quand Arthur est amoureux, il est prêt à tout pour voir celle qu'il aime. Ce n'est pas cette énorme tempête de neige qui l'empêchera d'aller rejoindre sa Monica à l'école, ça non!

La musique des dauphins / Karen Hesse

Vivre au milieu des dauphins, parler leur langage, nager sans crainte, c'était la vie de Mila... avant qu'elle ne soit recueillie par des scientifiques. Mila découvre alors avec plaisir le monde des hommes. Mais elle souffre de l'avidité, de l'hypocrisie, de la méchanceté. Elle regrette sa vie d'avant, sa liberté au milieu de ceux qui sont sa vraie famille : les dauphins...

L'histoire d'Helen Keller / Lorena A. Hickok

Quel avenir peut avoir une petite fille de six ans, aveugle, sourde et muette ? Les parents d'Helen sont désespérés jusqu'au jour où Ann Sullivan arrive chez eux pour tenter d'aider Helen.

La bille magique / Minfong Ho

Dix ans après, Dara se souvient. Elle a douze ans. Avec sa famille, elle fuit son village natal au Cambodge, ravagé par la guerre. Réfugiée dans un camp à la frontière thaïlandaise, elle se lie d'amitié avec Jantu, une fille de son âge. Mais les combats se rapprochent. Il faut repartir.

Pique et pique école et drame / Jo Hoestlandt

Je me suis fait choper par la prof d'histoire-géo, des objets volés plein les poches. Ça n'a pas loupé : elle a convoqué ma mère. Maman, quand elle a appris ça, m'a flanqué une énorme claque. « Tu sais où il est ton père ? a-t-elle ajouté. En prison. »

La protestation / Guy Jimenes

Bruno enrage. Son père, arrêté au cours d'une manifestation contre la dictature, est porté disparu. Sa mère et les villageois entendent répondre de façon non violente à l'ultime opération de propagande organisée dans le pays par le pouvoir militaire. Bruno, lui, veut venger son père...

En attendant Éliane / Alain Korkos

Derrière le comptoir de sa pâtisserie orientale, monsieur Simon attend. À côté de lui, une vieille poupée. C'est celle d'Éliane, sa sœur qu'il n'a pas vue depuis des années... Depuis la fameuse nuit du 16 juillet 1942, où la rafle du Vel d'Hiv les a séparés...

L'enfant noir / Camara Laye

Un jeune écrivain de 25 ans décide de raconter son enfance africaine, en Haute-Guinée. Mais, au-delà d'un récit autobiographique, il nous restitue, dans toute sa vérité, la vie quotidienne, les traditions et les coutumes de tout un peuple. Avec cet Enfant noir, *Camara Laye nous offre un livre intemporel plein de finesse et de talent.*

La fille du canal / Thierry Lenain

Sarah a onze ans. Elle déambule, insensible au froid, le long du canal. Depuis quelque temps, elle n'est plus la même. Son institutrice semble être la seule à le remarquer : pourra-t-elle aider Sarah à parler et révéler son terrible secret ? Sarah pourra-t-elle oublier cet homme qui lui a fait tant de mal ?

Un pacte avec le diable / Thierry Lenain

Roxane ne supporte plus le compagnon de sa mère et fugue pour rejoindre son père. Mais il est absent pour quelques jours ! Où aller en attendant son retour ? C'est alors qu'elle rencontre David par hasard. Le jeune homme l'accueille chez lui. Très vite, Roxane découvre qu'il se drogue. Elle va tenter de l'arracher à son enfer. Réussira-t-elle ?

Je ne suis pas un singe / Virginie Lou

Dans le vestiaire, le gros Didier m'a attrapée par les cheveux. L'air a glacé mon ventre. Le gros Didier avait enlevé mon slip. Il se tordait de rire, et avec lui des dizaines de garçons, comme devant les singes en cage. Derrière ma bouche fermée s'amasse le silence qui me donnera, à moi la plus timide de la classe, la force de me venger. Je ne suis pas un singe.

Des mouettes plein la tête / Claire Mazard

Quel réconfort Anouk trouve-t-elle à contempler la Seine du haut du point de Tolbiac ? Quel chagrin dissimule-t-elle ? Perdue dans sa rêverie, elle ne remarque pas Sébastien qui l'observe. Avec patience et attention, il saura dénouer le silence d'Anouk, lui redonner confiance, la faire rire à nouveau…

Adieu, mes douze ans / Betty Miles

Annie et Pamela s'entendent parfaitement. Elles pensent que douze ans est un âge merveilleux. Mais bientôt elles perçoivent des petits changements dans la vie, autour d'elles : une amie commence à se maquiller, une autre glousse en présence des garçons… Un jour, Pam annonce qu'elle va déménager…

Sans nom ni blason / Jacqueline Mirande

Nous sommes au Moyen Âge. Enfant trouvé dix-huit ans plus tôt, Guillaume semble avoir un destin tout tracé : serf du comte Bérard. Mais ce Bérard est une brute. Guillaume se révolte et s'enfuit. Sur sa route, il croise le mystérieux Bertrand, et cette fuite devient vite une quête : Guillaume veut découvrir sa véritable identité.

Un château pour Mahaut / Jacqueline Mirande

Mahaut, petite paysanne, se retrouve servante à la cour du seigneur. Jolie et vive, elle ne laisse pas indifférent le neveu du comte. La comtesse Isabelle ne supporte pas cette idée. Mais d'où vient cette sauvageonne dont l'histoire est bien mystérieuse ? La révélation sur ses origines va bouleverser sa vie, et celle de la cour.

Les neuf vies du chat Montezuma / Michael Morpurgo

Le chat Montezuma est un vrai héros ! La nature est son territoire et les hommes sont ses amis. Mais, non loin de la ferme, il va affronter neuf dangers... de mort ! Voitures lancées à toute allure, chiens bagarreurs, neige gelée : Montezuma toujours s'en sort !

L'enfant Océan / Jean-Claude Mourlevat

Une nuit, Yann réveille ses six frères aînés, tous jumeaux. Il faut fuir : leur père a menacé de les tuer. Irrésistiblement attirés par l'Océan, les sept enfants marchent vers l'Ouest. De l'assistante sociale au routier qui les prend en stop, du gendarme alerté de leur disparition à la boulangère qui leur offre du pain, chacun nous raconte à sa façon un peu de leur incroyable équipée.

La rivière à l'envers / Jean-Claude Mourlevat

« Ainsi vous avez tout dans votre magasin ? demanda la jeune fille. Vraiment tout ? » Tomek se trouva un peu embarrassé : « Oui... enfin tout le nécessaire... » « Alors, dit la petite voix fragile, alors vous aurez peut-être... de l'eau de la rivière Qjar ? » Tomek ignorait ce qu'était cette eau, et la jeune fille le vit bien : « C'est l'eau qui empêche de mourir, vous ne le saviez pas ? »

Une navette bien spéciale / Andrew Norriss

Une navette spatiale ! Tom et Geoff n'en croient pas leurs yeux. Ils ne pensaient pas faire une telle découverte durant cette sortie de classe, ça, non ! Mais les deux garçons ne sont pas au bout de leurs surprises : il suffit de monter à bord de la machine et d'appuyer sur un des gros boutons bleus... Hop ! Les voilà partis pour des découvertes... bien spéciales !

Cabot-Caboche / Daniel Pennac

Courageux, Le Chien ! Pas joli joli, mais un sacré cabot ! Comme il se bagarre pour vivre ! Ce qu'il cherche ? Une maîtresse. Une vraie, qui l'aime pour de bon. Pomme lui plaît beaucoup, au Chien. Un grand rire, des cheveux comme un soleil... Hélas, elle est tellement capricieuse ! Une vraie caboche, cette Pomme. Comment Le Chien va-t-il l'apprivoiser ?

L'œil du loup / Daniel Pennac

Dans un zoo, un enfant et un vieux loup borgne se fixent, œil dans l'œil. Toute la vie du loup défile au fond de son œil : une vie sauvage en Alaska, une espèce menacée par les hommes. L'œil de l'enfant raconte la vie d'un petit Africain qui a parcouru toute l'Afrique pour survivre, et qui possède un don précieux : celui de conter des histoires qui font rire et rêver...

Les colosses de Carthage / Michel Peyramaure

218 avant J.-C., Hannibal vient de prendre la ville de Sagonte, en Espagne : il a ainsi déclenché la Deuxième Guerre punique. Le général carthaginois décide de surprendre ses adversaires romains. Avec 50 000 fantassins, 9 000 cavaliers et 37 éléphants, les colosses de Carthage, il se dirige à marches forcées vers l'Italie en passant... par les Alpes.

La rédac / Évelyne Reberg

Éric n'a plus que quelques heures pour écrire sa rédac. Degré d'inspiration : zéro ! Alors il appelle Stéphane à la rescousse et parcourt la ville à la recherche d'idées. Entre franche rigolade et faux kidnapping, les deux amis vivent une folle soirée, fatale pour la rédac mais extra pour leur amitié.

Les larmes de Djamila / Marc Séassau

J'ai treize ans et chez moi, je déteste. Enfin, c'est mon beau-père que je déteste. Heureusement, au collège, il y a Djamila, ma meilleure amie. Toutes les deux, on rêve de partir dans son pays. Je devrais dire : on rêvait. Parce que, aujourd'hui, Djamila est à l'hôpital. Elle a été battue à cause de la couleur de sa peau. Et peut-être à cause de moi.

Double Jeu / Marc Séassau

Devant son ordinateur, Philippe, garçon solitaire et timide, devient un héros prêt à tout pour sauver la belle Khaysuân. Avec elle, il oublie l'ennui du collège, l'absence de son père et la monotonie de sa vie, seul avec sa mère. Mais l'arrivée d'une nouvelle élève dans sa classe va tout bouleverser : elle est le sosie de Khaysuân ! Où se situe alors la limite entre jeu et réalité ?

La petite Blück / Frank Secka

« La petite Blück, au début, je l'ai pas trouvée sympa du tout. Mais, cette année-là, comme y avait personne d'autre, j'ai bien été obligé de jouer avec... Voilà. Même qu'à la fin, je dirais pas que j'ai été amoureux d'elle (je suis pas bête à ce point-là), mais bon... Disons que je l'ai trouvée un peu moins énervante. »

La chasse aux enfants / Bertrand Solet

Para, Marcela, Andréa-Luiz... tous sont des enfants de la rue... Leur territoire : la favela. Leur famille : la bande de Carlos. Dans cet enfer quotidien, il faut se battre pour avoir de quoi manger. Voler les touristes, cirer les chaussures ou fouiller les décharges : voilà leur école de tous les jours.

Vercingétorix / Bertrand Solet

52 avant Jésus-Christ. La révolte gronde. La Gaule est fatiguée du joug romain et mon peuple, les Arvernes, plus encore. Vercingétorix, notre chef, a convaincu tous les gaulois de se joindre à nous. Demain, moi, Romuat, simple paysan, je vais livrer mon premier combat, le plus important qui soit : je vais lutter pour la liberté de mon peuple...

La momie bavarde / Odile Weulersse

Dans le désert d'Égypte, Alphonse et Mina rencontrent l'âme errante d'une momie. Celle-ci, par ses étranges bavardages, réussit à envoûter Alphonse. Pour obéir à tous ses caprices, le garçon encourt de grands périls. Mina arrivera-t-elle à délivrer son frère de cet enchantement ?

Le secret / Jacqueline Woodson

Marie a douze ans. Elle est noire. Sa famille vit dans l'aisance. Lena, elle aussi, a douze ans. Elle est blanche. Et pauvre. Au collège tout le monde la rejette. Sauf Marie. Une amitié profonde, faite de moments de bonheur, de complicité, de confidences. Mais les choses insoutenables que Lena finit par raconter à Marie sont-elles vraiment possibles ? A-t-on le droit de les tenir secrètes ?

Le tigre dans la vitrine / Alki Zèi

Grèce, 1936. Mèlissa et Myrto vivent heureuses sur une petite île. Autour d'elles, tout le monde s'agite, parle, raconte des histoires. Celui que les filles préfèrent, c'est Nikos, le cousin. Ils leur racontent les fabuleuses aventures du tigre empaillé qui est dans la vitrine du salon. Mais un matin, l'Histoire fait irruption dans leur petit paradis : la Grèce perd son roi et s'installe dans le fascisme. Nikos disparaît...

Composition : Francisco *Compo*
61290 Longny-au-Perche

Impression réalisée sur Presse Offset par

BRODARD & TAUPIN

GROUPE CPI

La Flèche (Sarthe), le 31-12-2002
N° d'impression : 15915

Dépôt légal : août 2002
Imprimé en France

POCKET jeunesse 12, avenue d'Italie • 75627 PARIS Cedex 13

Tél. : 01.44.16.05.00